La panthère des neiges

# 雪豹女皇

〔法〕西尔万·泰松 著　余中先 译

著作权合同登记号　图字 01-2023-1306

La panthère des neiges
Sylvain Tesson
ⓒ Éditions GALLIMARD, Paris, 2019
ⓒ Vincent Munier for the photograph reproduced on page 120

图书在版编目(CIP)数据

雪豹女皇/(法)西尔万·泰松著;余中先译. —北京:人民文学出版社,2023
(远行译丛)
ISBN 978-7-02-018083-7

Ⅰ.①雪… Ⅱ.①西…②余… Ⅲ.①散文集-法国-现代 Ⅳ.①I565.65

中国国家版本馆 CIP 数据核字(2023)第 121690 号

责任编辑　卜艳冰　郁梦非
封面设计　汪佳诗

| 出版发行 | 人民文学出版社 |
|---|---|
| 社　　址 | 北京市朝内大街 166 号 |
| 邮　　编 | 100705 |
| 印　　刷 | 上海盛通时代印刷有限公司 |
| 经　　销 | 全国新华书店等 |
| 字　　数 | 98 千字 |
| 开　　本 | 890 毫米×1240 毫米　1/32 |
| 印　　张 | 5.875 |
| 版　　次 | 2023 年 7 月北京第 1 版 |
| 印　　次 | 2023 年 7 月第 1 次印刷 |
| 书　　号 | 978-7-02-018083-7 |
| 定　　价 | 49.00 元 |

如有印装质量问题,请与本社图书销售中心调换。电话:010-65233595

献给一头幼狮的母亲

"世间一切雌性皆不如雄性勇敢,除却母熊与母豹:这些物种的雌性似乎更勇敢一些。"

亚里士多德,《动物史》第九卷

目　录

1　　前言

1　　第一部　接近
动机/3——中央/7——循环/10——牦牛/12——狼/18——美/22——平庸/25——生命/27——在场/31——简单/35——秩序/39

45　　第二部　广场
空间的进化/47——单一与繁多/53——本能与理性/55——大地和肌肤/60

65　　第三部　显身
只有野兽/69——缓坡中的爱/76——森林中的爱/79——峡谷中的一只猫/86——艺术与野兽/90——第一次显身/98——躺在时空之中/103——献给世界的词语/110——放弃的契约/113——峡谷的孩子/117——第二次显身/123——野兽的部分/128——牦牛的牺牲/131——害怕黑暗/134——第三次显

身/139——赞同世界/142——最后一次显身/148——永恒回归的永恒回归/151——分岔的源头/154——在最初的热汤中/159——兴许要回去了！/163——野性的安慰/165——隐藏的背面/168

# 前　言

复活节假日的一天，我在他那部关于阿比西尼亚[①]狼的电影的一场放映会期间遇见了他。他对我讲到了那些野兽的不可捕捉性，以及那种至高的美德：耐心。他对我讲述了他作为动物摄影师的生活，并细说了潜伏窥伺的技巧。这是一种脆弱而又精湛的技艺，包括在大自然中伪装，以求等待一头谁都说不准是不是会来的野兽的出现。我们有极大可能会空手而归。在我看来，对不确定性的这种接受是很高尚的——因此，甚至也是反现代的。

我这么一个喜欢跋涉在旅途、奔波于道路的人，是否真的愿意纹丝不动、静默无声地待上好几个钟头呢？

我乖乖听从穆尼耶[②]的话，躲藏在荨麻丛里：没有半点儿动作，没有一丝声响。我可以呼吸，这是唯一被允许的俗常行为。我在城市里已经养成了哇啦哇啦乱说一气的习惯。

---

[①]　阿比西尼亚，是埃塞俄比亚的旧称。
[②]　樊尚·穆尼耶（Vincent Munier，1976—　），法国野生动物摄影师。

最难做到的事莫过于不吭声了。连抽雪茄也被禁止。"我们以后再抽吧,到一片河岸上,那儿会有黑夜和迷雾!"穆尼耶早就说得很明白。在摩泽尔河①边抽一支哈瓦那雪茄的前景,让我勉强保持了潜伏者的俯卧姿势。

树林中群鸟的鸣啭一阵阵地划破向晚的天空。生命在爆发。鸟儿们并没有打扰这个地方的精灵。它们属于这个世界,它们没破坏这世界的秩序。真美啊。河流就在一百米之外。一群群蜻蜓飞舞在水面上,忙着猎获。西岸上,一只燕隼正发动袭击。庄严、精确、致命的飞翔——恰如一架斯图卡轰炸机。

这可不是掉以轻心分散注意力的时候:两只成年獾正从洞穴里钻出来。

直到夜晚,这始终就是优雅、滑稽和权威的一种混合体。这两只獾是不是发出了一个信号?四个脑袋露现了,几个阴影流逸出了地洞。黄昏的游戏已经开始。我们就埋伏在十米远的地方,而这些小兽硬是看不到我们。小家伙们打打闹闹,爬上土堤,滚落到沟里,彼此咬对方的后颈,结果就挨了一只已换上夜晚马戏团装束的成年獾一巴掌。带有三条象牙色条纹的黑色毛皮消失在了树叶丛中,而后又出现在更

---

① 摩泽尔河(la Moselle),亦译莫塞勒河,源出法国的孚日山区,流经法国、卢森堡和德国,在科布伦茨汇入莱茵河,是莱茵河在德国境内的第二大支流。

远的地方。野兽们正准备去扫荡田野和河岸。天黑前，它们做着热身活动。

偶尔，其中一只獾会靠近我们的位置，脑袋一扭，把身影拉得老长老长，结果，整张脸就彻底地朝向我们了。一对眼睛周围的暗黑色条纹描画出两块忧郁的斑纹。它还在向前走，我们可以看清它那跖行动物特有的强有力的脚掌，爪子收在掌中。它们的脚爪在法兰西的土地上留下了类似小熊的脚印，而某个相当不擅长自我判断的人类种族会认定它们是"害兽"留下的痕迹。

这是我第一次如此平静地守在那里，希望能有一番相遇。我都认不出自己了！直到那时为止，我一直就在雅库特①和塞纳-瓦兹省②之间跑动，遵循着三条基本原则：

意想不到的事从来不会自己凭空出现，必须到处追踪它，追随它。

运动会促生灵感。

厌倦总比一个匆匆忙忙的人跑得慢。

总之，我确信，距离与对事件的兴趣之间存在着一种关系。我把静止不动看作死亡的一次彩排。出于对在塞纳河

---

① 雅库特（Yakoutie），又名萨哈，是俄罗斯联邦的一个共和国，在远东。雅库特人则是俄罗斯的一个少数民族。
② 塞纳-瓦兹省（Seine-et-Oise）是法国的一个省，得名于塞纳河与瓦兹河。

河畔的墓穴中安息的我母亲的尊重，我会很疯狂地到处闲逛——星期六在山上，星期日去洗海水澡——而不去注意我周围到底发生了什么。几千公里的旅行又如何会在某一天把你带到一条沟壑的边上，下巴隐藏在青草丛中？

在我旁边，樊尚·穆尼耶给獾拍了照。他那被迷彩服所掩盖的一身肌肉跟身边的植被混淆在一起，但他的轮廓在微弱的光线下仍然很鲜明。他有着一张边缘很方正、棱角线很长的脸，雕塑一般，仿佛天生就是为了来下命令的，一个足以给亚洲人很多嘲讽话题的鼻子，一个雕塑般的下巴，一道很温柔的目光。总之，一个善良的巨人。

他跟我谈到了他的童年，他跟他父亲一起出发，前去隐藏在一棵云杉底下，观察那一位国王也即那只大松鸡的起身；父亲告诉儿子，寂静所承诺的那一切意味着什么；儿子发现了在冰冻的大地上度过夜晚的价值；父亲解释说，一只野兽的出现是生活本身对于人们对生活的热爱所能奉送的最美丽的回馈；慢慢地，儿子也能做到久久地潜伏，独自发现构成世界的秘密，他学会了注视一只夜鹰的起飞；父亲则发现了儿子拍摄的艺术照。这个眼下正在我身边的四十岁的穆尼耶出生于孚日山脉的夜晚。他成了他那个时代最伟大的动物摄影师。他拍摄的完美无缺的狼、熊和鹤的形象都卖到了纽约。

"泰松，我要带你去森林里看獾。"他这样对我说，我同意了，因为没有人会拒绝一个艺术家的邀请，去他的工作室看看。他并不知道，泰松（Tesson）这个词在古法语中的意思就是獾（blaireau）。人们在法国西部和庇卡底一带的方言中仍然使用着这一表达。"Tesson"诞生于拉丁语中 taxos 这个词的变形，而"生物分类学"（taxinomie）一词就是从中衍生出来的，这是一门对动物进行分类的科学，而"动物标本剥制术"（taxidermie）这个词，指的是制作动物标本的技艺（人对他刚刚命名的动物进行剥制）。在法国军队参谋部的地图上，人们会发现一些"tessonnières"，这些被称为乡野之地的名称往往带有对大屠杀的记忆，因为獾在乡村受到人们的憎恨，并遭到不可抑制的毁灭。人们谴责它挖掘土壤，刺破树篱。人们用烟来熏它，人们把它弄死。它当真值得人类如此穷追猛打吗？它本来只是一种沉默寡言的生物，一种夜晚和孤独的野兽。它只求一种隐秘的生活，逍遥自在于阴影之中，不喜欢被别人叨扰。它知道和平是可以捍卫的。它在夜里从自己的隐居中爬出来，黎明时再返回。人又怎么能忍受这一极其审慎的图腾的存在，它竟使保持距离成为一种美德，为自己赢得沉默的荣誉？动物学的那些资料卡片把獾描绘成"一夫一妻制，深居简出"。词源学则把我和这种动物联系在一起，但是，我跟它的本性向来并不相符。

夜幕降临，野兽散布在丛林中，到处都传来一阵阵窸窸窣窣声。穆尼耶应该觉察到了我的快活。我把这几个小时当做我生命中最美好的夜晚之一。我刚刚遇到了一群至高无上的生物。它们并没有苦苦挣扎以求逃避它们的处境。我们从陡峭的河岸那边返回到了公路上。在我的衣兜中，我早已把雪茄捻得粉碎。

"青藏高原有一种野兽，我追踪它已经有六年了，"穆尼耶说，"它生活在高原上。必须通过长时间的接近才能发现它。今年冬天我要转去那里，你跟我一起去吧。"

"那是什么野兽？"

"雪豹。"他说。

"我还以为它已经灭绝了呢。"我说。

"它就是这样让人们以为的。"

# 第一部

# 接　近

# 动 机

就像那些蒂罗尔人①女教练一样，雪豹在白色的风景中做爱。二月份时，它就进入了发情期。它披挂一身毛皮，生活在水晶世界中。雄性彼此打架，雌性则以身相许，夫妻间互相呼应。穆尼耶警告过我：如果想要有机会窥见它，就必须在大冬天里，在海拔四五千米的高处去寻找它。我将尝试着，用它显身带给人们的那种快乐来补偿隆冬季节的诸多麻烦。贝娜黛特·苏比鲁早就在卢尔德的岩洞中使用过这一技术②。无疑，那个小牧羊女的膝盖会冻得很冷，但是，戴着

---

① 蒂罗尔（Tirol）是奥地利西南的州，坐落在阿尔卑斯山的心脏处，是欧洲最受欢迎的冬夏皆宜的旅游胜地。蒂罗尔人是当地的山乡人，其中不少人专门充当滑雪教练。
② 卢尔德（Lourdes）是法国西南部的一个城市，它之所以被称作"圣城"，是因为这样一段传说：1858年2月11日，一位14岁的牧羊女贝娜黛特·苏比鲁（Bernadette Soubirous）来到这里波河河岸的某个岩洞附近拾柴，圣母马利亚突然显现，此后又多次显灵。有一天，圣母马利亚显身之后指示贝娜黛特以手刨地，结果有一股清泉涌出，此后，这里就多次出现过泉水治愈疾病的奇迹。也正因此，该岩洞中的泉水成了圣水。1933年，教宗庇护十一世宣布封贝娜黛特·苏比鲁为天主教会圣人。

光环的圣母形象的显现让她的一切努力都变得值得。

"豹",这名称听起来像一件装饰品。任何情况下你都不能保证会遇上这么一只。潜伏就是一番赌博:我们出发走向野兽,却冒着失败的风险。一些人不为此而恼怒,并在等待中找到乐趣。要做到这一点,就必须具有一种倾向于希望的哲学精神。可惜啊,我本不是这样的人。我嘛,我当然很想见见那野兽,尽管我并没有向穆尼耶承认我缺乏耐心。

雪豹在各处被偷猎。这也给我参加本次旅行增加了一个理由。人们是会前去守在一个受伤者的床头的。

穆尼耶给我看了他以前几次逗留时拍的照片。这野兽把力量和优雅完美地结合到了一起。它的皮毛反光,它的爪子变得很宽,像是茶碟,超大的尾巴用作一个钟摆。它适应了在几乎难以生存的地方生活,能够攀爬很陡峭的悬崖。它就是落在大地之上的高山精灵,是一个古老的占领者,因人类的愤怒而又退回了边缘地带。

我把某一个人跟这一动物紧紧联系在了一起:一个再也不会跟我一起去任何地方的女人。这是一个森林的女儿,水源的女王,野兽的朋友。我爱上了她,又失去了她。出于一种幼稚而无用的精神的眼光,我把对她的回忆跟一种无法接近的动物结合在了一起。这实在是很平庸的综合征:你怀念着一个生命,于是,整个世界成了它的形状。假如我遇上了这一动物,那么,我就会在此后对她说,我在一个冬日里,在一片白色的高原上曾遇见的,就是她。这是一个很神奇的想法。我很怕我会由此显得滑稽可笑。眼下,我连一个字都没有对我的朋友们说过。我只是独自一人一直不停地琢磨这件事。

那是在二月初。为了减轻行李的重量,我犯了一个错误,把我所有的高山行装全都穿在了身上。我乘上了巴黎的郊区轻轨前往机场,身上却穿着我的极地上装,脚上蹬着中国军队的"长征"式靴子。车厢中,有几个面容忧伤的漂亮的富拉尼骑士①,还有一个摩尔多瓦拉儿亚人②,用手风琴一个劲地拉着勃拉姆斯的曲子,但是,众人的目光全都落在了我的身上,因为我的衣服在高唱怪调。异国情调已经挪了个位置。

我们起飞了。进步(也是忧伤)的定义:用短短的十个小时就跑完马可·波罗曾花了四年时间才走完的路。穆尼耶颇懂人情世故,在天上就为我介绍了朋友。于是,我跟将要一起度过一个月时光的两位友人打了招呼:一位叫玛丽,身材柔韧的姑娘,她是穆尼耶的未婚妻,动物电影摄制者,酷爱野生动物和快速运动;一位叫雷奥,长了一双远视眼,头

---

① 富拉尼人(peuls),又译颇尔人,是非洲西部的跨界民族,为非洲第四大族,仅次于埃及人、豪萨人和阿尔及利亚人。
② 摩尔多瓦拉儿亚人(Moldovalaque)并不存在,这个词是把摩尔多瓦(Moldavie)和瓦拉几亚(Valachie)连接一起构成一个新词,表示一个遥远而又不知其是否真的存在的国度。

发乱七八糟，陷于沉思，因而也就沉默寡言。玛丽拍过一部关于狼的电影，还有一部是关于猞猁的，都是被判了缓刑的濒危野兽。她将拍摄一部关于她的两段爱情的新电影：对雪豹的爱和对穆尼耶的爱。两年前，雷奥中断了他哲学论文的撰写，成为了穆尼耶的副手。在青藏高原，穆尼耶需要身手矫健的助手来安设潜伏点，校准仪器，需要有人陪同他度过漫漫长夜。由于我的脊椎骨受过伤，很脆弱，不能承载太重的负担，又因为我没有摄影方面与辨认动物踪迹方面的任何才能，我也不知道我的工作将会是什么。我想，只要做到不拖拖拉拉地耽误任何人，不在雪豹出现时乱打喷嚏，那就可以了。已经有人把青藏高原放在盘子里，端上来给我了。我要跟最帅气的艺术家一起，去寻找一只看不见的野兽，一头有着天青石般眼睛的人之狼，一个深思熟虑的哲学家。

"'四人帮'，就是我们。"当飞机降落在中国时我说。

至少，我还能提供种种文字游戏。

# 中　央

我们降落在青藏高原的遥远东部,青海行政省。玉树小城的一大片灰色建筑高高地栖息于海拔三千六百米的高原上。2010年,一场地震把它夷为平地。

不到十年时间,魔怪般的中国能量早已填充了那些瓦砾,几乎重新恢复了一切。路灯齐齐整整地列成一长排,照亮了一个由平滑如镜的柏油路面构成的网格。汽车缓慢地、无声地行驶在棋盘般的道路上。军营般的城镇预示了一个永久的世界工地的未来。

驱车穿越藏区的东部,我们得花上三天时间。我们一直瞄准着羌塘高原①边缘的昆仑山脉的南缘。穆尼耶熟悉那里的大草原,禽兽众多,好一个猎场。

"我们将走上格尔木到拉萨的主干道,"他在飞机上就告诉过我,"我们将沿着铁路线到达不冻泉。"

---

① 羌塘高原(plateau du Chang Tang),羌塘在藏语中的意思是"北方高平地",特指藏北高原。

"然后呢？"

"然后，我们将在昆仑山脚下一路向西行，一直走向'牦牛谷'①。"

"那是它的真名吗？"

"我给它起的名。"

我在我的黑皮笔记本上做着笔记。穆尼耶让我承诺，如果我以后写了一本什么书，一定不要说出这些地方的确切名称。它们自有它们的秘密。假如我们把它们揭示出来，那么，猎人们就会来把它们掏空。我们养成了习惯，会用充满诗意的、个人化的地理词语来指称那些地方，这些词相当具有创造性，足以模糊其踪迹，却又非常形象，始终栩栩如生地留在人的脑海中："狼之谷"，"道之湖"，"盘羊洞"。从此，西藏就会在我的心中描画出一张记忆满满的地图，它当然不如地图册那样精确，却会唤起我更多的梦想，保护住野兽们的避风港。

我们驱车向西北方向驶去，穿过一段段由高原切割出的阶梯。海拔五千米的高度上，山口一个接一个，隆起一堆又一堆，被兽群磨得光秃秃的。寒冬为劲风频频光顾的平川层层叠叠地铺盖上不多的白色斑点。粒雪让外露的岩层变得平缓了一些。

---

① 原文为"vallée des yacks"，大概指的是"野牛沟"。

毫无疑问，一双双充满野性的眼睛正从山脊上望着我们，但是，从汽车里望出去，我们根本看不到别的，只有车玻璃上大山的映像。我看不见一匹狼，只听到大风呼啸。

空气中弥漫着金属的气味，它的硬度让人毫无非分之想。既不想闲逛，也不想回转。

从一座座崭新的桥上，公路穿过一条条河流。电信中继站的一条条天线环绕在一座座峰巅周围。

中央政府让建筑工地的数量成倍增加。一条铁路线把古老的西藏从北到南彻底贯穿。

一座座移民的村庄从车旁掠过，那里的水泥立方体建筑庇护着身穿卡其布衣服的汉人，还有藏人，而他们的蓝色工作服则证实，现代性就是往昔的彻底流浪，无家可归。

不管怎么说，众神隐退，野兽也跟着他们一起走了。我们又怎么可能在这满是电钻枪的山谷里遇见一只猞猁呢？

# 循　环

　　我们靠近了铁路线，我在灰蒙蒙的空气中打起了瞌睡。青藏高原的皮肤是赤裸裸的。我们正走在花岗岩板块和泥土板块的地理样貌中。车外，海滨日光疗养所一般的太阳有时能让温度表上的数字上升到零下 20 摄氏度以上。我们喜欢去寺院里歇脚。在玉树郊外一座佛教寺庙的院子里，我们见证了朝圣者们在香烟缭绕的祭坛前的大规模聚集。那里的一块块石板瓦上镌刻着佛教的符咒："如意宝啊，莲花哟！"

　　藏人在这些小丘周围绕着圈走动，活动着手腕，摇晃起小磨一样的转经轮。一个小女孩把她的念珠送给了我，我会拨数它一个月。一头牦牛身上盖着一件军大衣，正嚼着硬纸板，这是唯一活着的一动不动的生灵。为了在轮回的循环中赢得功德，一些患有关节炎的苦修者，一些身挂彩带的淋巴腺结核病人，一步一卧地爬行在满是灰尘的地上，为了自我保护，他们的手掌上套上了厚厚的木头垫板。信徒们转着圈，等待这辈子过去。有时，在这环舞中，会有一队来自高原的骑士走上前来,他们长着一张科特·柯本①的脸——身穿饰有毛皮的宽袖白色法衣,架着雷朋墨镜,头戴牛仔帽——他们是来自驯马场的骑士。就像所有那些光荣的吉普赛人那样,藏人很喜欢黄金、珠宝和武器。这些人并没有带枪,也没有带匕首。早在 2000 年之前,管理部门就禁止人们随身携带武器。平民解除武装对野生动物来说是一件大好事:人们朝雪豹开枪的现象减少了很多。但是,在心理上,后果却显现为灾难性的,因为,一个失去剑的火枪手就成了一个赤身裸体的国王。

---

① 科特·柯本(Kurt Cobain,1967—1994),美国著名的摇滚歌手。

# 牦　牛

　　青藏高原这个巨大的身躯躺下了，病了，在稀薄的空气中。第三天，我们在海拔四千多米的地方穿越了铁路。铁轨贯穿草原，它们来自北方，跟公路的柏油路面平行。早在十五年前，我曾骑着一辆自行车途经那里，一路骑向拉萨，那时候，就连铁路的建造也才刚刚开始。我还记得，要把好几公里的路从这些对一辆自行车来说过于广阔的地平线中拉出来，实在是太艰难了。高山牧场上的一通午觉也从来无法弥补我付出的努力。

　　向北一百公里处，过了不冻泉，我们按照穆尼耶的承诺又走上了牦牛谷。小径沿着一条结冰的河流向西蜿蜒伸展，好一条轻柔的丝带，河边是一片沙土的斜坡。

　　北面，昆仑山脉的一片片山麓描绘出一条长长的缲边。到了傍晚，山峰便呈现出一片淡红色，在天空中格外醒目。白天，它们的冰雪便混杂其间。南面，未经勘探的羌塘高原的地平线在天光中震颤不已。

　　在海拔四千两百米的高处，小径经过了一座柴泥筑的窝棚。寂静与光明：好一桩房地产交易。我们就把它当做未来日子里的宿营地了，在狭窄的板床上，一个个匆匆的夜晚就有了保障。墙上破损的豁口为我们提供了一片凄凉的风光，那是一条由山体侵蚀而形成的山脊线，实在有些煞风景。南面，离我们庇护所两公里的地方，一个花岗岩的穹丘绵延向上，高达五千米：明天，这些山脊将构成一个观察平台，而在今晚，它们则成了一个强有力的对峙点。北边，本来的河流变成了游丝缕缕的冰槽，宽达五公里。这是青藏高原上的内陆河之一，那些河流不会见到大海，因为它们最终都会断流在羌塘高原的沙土中。在这里，即便是那些基本的元素也都服从于佛教的寂灭之道。

十天里，每个清晨，我们都会在周围东游西走，大步地穿越平坡（穆尼耶的步子可真叫大啊）。我们一醒来，就攀爬到营地上方四百米处，来到花岗岩的山脊上。我们会在日出之前一小时到达那里。空气中弥散了一种冷石头的气味。气温在零下25摄氏度：低温不允许我们做任何别的事，既不能运动，也不能说话，更不能忧伤。我们只是怀着一种愚蠢的希望，等待日光的出现。拂晓时分，一道黄色的光带抹去了夜色，两个小时后，太阳就把它的光斑洒落到那一层层间杂细草的小砾石上。世界是永恒的冻结。人们简直会说，那凹凸起伏的山势恐怕永远都不会在如此的寒冷中风化。但是，突然间，我原以为已被彻底抛弃而实际上却被光亮所揭示的广阔的荒漠,被一个个小黑点所点缀出来:那就是野兽。

出于迷信,我从来就没有说起过雪豹,它会出现在众神——这是我们对偶然性有礼貌的称呼——认定时机有利的那一刻。那天早上,穆尼耶有其他的事要处理。他想接近我们曾在远处看到过的那些野牦牛。他很崇拜这些野兽,用喃喃的细嗓谈论它们。

"人们把它们称为德伦格(drung),正是为了它们我才又回到了这里。"

他在公牛身上看到了世界的灵魂,那是繁殖力的象征。我告诉他说,古希腊人割断它们的喉咙,为的是把鲜血奉祭给地下的精灵,把肉香送给众神,把最好的部位献给王子。公牛能替人祈祷,献祭值得一番祈求。但是穆尼耶感兴趣的是黄金时代,那还远在祭司们之前。

"牦牛来自十分遥远的时代:它们是野蛮生活的图腾,它们留在旧石器时代的岩壁上,没怎么变化,人们会说,它们正在一个岩洞中抖动着身体,准备出来。"

牦牛用它们那大团大团的黑色长毛,零零星星地点缀了山坡。穆尼耶用他明亮而又悲伤的目光盯着它们。在一个醒着的梦里,他似乎计数着正在山脊上做着告别游行的最后的贵族老爷。

在二十世纪,这些长有超级大角的衣衫褴褛的庞然大物遭到人们的大肆残杀，人们只是在羌塘附近，以及昆仑山的脚下，才能勉强找到它们的影子。自从中国经济觉醒以来，政府一直倡导集约化的畜牧业，因为要养活十四亿国民。而从情理上说，全球生活的标准一体化则绝对不能剥夺他们食用红肉的权利。兽医机构早已实验将野生牦牛与家养牦牛杂交，创造出了大通牦牛①新种，这是一种兼有强壮与坚忍特点的杂交品种。一个适应全球的完美品种：易繁殖，齐整，温顺，符合统计学上的贪婪要求。它的标准样本的个头在缩小，繁殖力在增强，同时又削弱了原始基因。与此同时，一些危险野生种类的幸存者则继续在边缘地带游走，散发着它们粗野的忧郁气息。野牦牛是神话的保管人。有时，国有牧场的牧人会捕获一个样本，用以改良品种，让好几代家养牦牛恢复活力。德伦格野牦牛的命运很像是一则现代寓言：暴力、强力、神秘和荣耀倒流回了这偏僻的世间。西方科技型大都市的人的驯服也是同样。我可以把他们描绘出来，我就是他们最完美的代表。我置身于我那暖和和的公寓里，屈从于我对家用电器的野心，操心着要给我的电子显示屏充电，我早已放弃了为生计而愤怒。

一直就没有下雪。青藏高原在死一般蔚蓝的天空下伸出

---

① 大通牦牛（datong）是青海省牦牛的新品种，它有生产性能高、易粗放饲养、抗逆性、适应性强的优点。

了它那干燥的手掌。那天早晨，五点钟时，我们守候在海拔四千六百米的岗哨上，就躺在山脊的后面，俯瞰着小棚屋。

"牦牛会来的，"穆尼耶说，"我们就在它们生活的地带。每一只食草动物都有一块属于自己的地盘。"

高山静止不动，空气纯净，地平线上空空荡荡。动物会从哪里出现呢？

一只狐狸出现在了阳光下，从山脊线上突显出身影，但离我们很远。它是打猎回来了吗？可是，等我的目光一离开它，它便消失不见了。之后，我就再也没有见过它。第一堂课：野兽会在毫无先兆的情况下突然出现，然后，它会消失，让你根本没有任何希望能重新见到它。我们必须祝福它显形的短暂视像，把它当作一种祭品来崇拜。我记起了我童年时代在基督学校修士会①里度过的那些崇拜之夜。我们被召去好几个钟头，目光转向唱诗班，希望什么事情会发生。神甫们含含糊糊地告诉我们那将会是一件什么事，但是，这一抽象的东西在我们看来，似乎远不如一个足球或一粒小糖果那么让我们期待。

在我童年的穹窿底下，在青藏高原的这片山坡上，笼罩着一种同样的焦虑不安，它足够地弥漫，让我觉得很温和，

---

① 基督学校修士会（Frères des Écoles Chrétiennes），俗称喇沙会，或喇沙修士会，是一个天主教修会组织，专注于教育和相关事务。

16　雪豹女皇

但它又持续地在场，不会是轻飘飘的：这种期待什么时候才会结束呢？教堂的中殿跟高山之间有一种区别。双膝跪地礼拜时，我们有希望，但没有证明。祈祷声冉冉上升，直向天主而去。但他会回答你们吗？甚至，他当真存在吗？而在潜伏时，我们则知道，我们等待的是什么。野兽就是已经出现过的神明。没什么能质疑它们的存在。假如有什么事情发生了，那就将是回报。假如什么事都没有发生，那我们就拔营走人，同时决定，第二天继续再潜伏。因此，假如野兽露面了，那便是欢庆时刻。而我们会迎接这位同伴，它的存在是确定无误的，但是，它的来访就不一定了。潜伏是一种谦逊的信念。

# 狼

　　大约中午时分，太阳已达到了它的绝对效率：虚空中的别针头。在敞开成半月形的山谷的脚下，一个方块被遗忘了：那便是我们的棚窝。从我们的位置望出去，平平的山脊下五十米处，是一片岩石耸立的山坡。穆尼耶是对的，牦牛突然就闯了过来。它们是从封锁住了谷地的山口那里过来的，就在西面。它们那煤玉一般漆黑的色斑散布在离我们五百米远的崩坍的岩石上。它们紧紧倚靠着山体，就像是要防止它们坍塌下来似的。必须逆着风向，毫不出声地朝它们移动，从一个岩块到一个岩块。

　　穆尼耶和我，现在就在这群野牦牛的上方，海拔四千八百米处。突然，牦牛群飞奔起来，以一种同样的冲动向上跑去，就朝着它们刚刚过来的那一片山脊。它们究竟有没有发现我们这些双足动物，我们这些世上恐怖之标志的踪影？它们飞步奔跑在酒红色的山坡上，给人那样一种群山奔腾、翻江倒海的印象，与其说是在前进，不如说是在滑行，就像一团团毛球，我们的眼睛根本就辨认不出它们那被长长的垂毛遮住的脚蹄的运动。这群野牦牛一直跑到山口下面才最终停下来。

"让我们沿着山脊继续走下去吧,我们最终一定会找到它们。"穆尼耶说。

我们撵走了一只雪鸡,并迫使一群"蓝山羊"——岩羊——慢慢地朝北边后退,其实,它们就活动在谷底,而我们却一直没有看到它们过来。这就是被穆尼耶用藏语称作"barhals"的那种羊,它们喜爱摆动卷曲的大角,晃动浑身单色画一样的羊毛,显现出一种在陡峭的山崖上跳跃的岩羚羊的样子。而牦牛,它们,则自认为上升到了如此的高度就非常安全了。它们也就不再动了。

稍后,我们卧倒在离它们有一百来米的地方,就在一大片大斜坡上,在岩石丛中。我看着苔藓在石头上留下的图案:锯齿般的小花,就像我母亲的医学书籍中的那些皮肤病斑块的图一样。厌倦了那些细节后,我重又抬起头来,瞥向那些牦牛。它们在吃草,同样也抬起头来。随着一个缓慢的举动,两只大角挺立在了半空中。要做成克诺索斯①宫殿中的塑像,这里就只差一层黄金的镶贴了。远远地,在山口

---

① 克诺索斯(Cnossos)是克里特岛上的一处米诺斯文明的遗迹,被认为是希腊神话与传说中克里特之王米诺斯的王宫。米诺斯(Minos)是化身为白牛的大神宙斯和腓尼基公主欧罗巴所生的儿子,拉达曼迪斯和萨尔珀冬的同胞兄弟。

狼

外,一些狼在嚎叫,朝着夕阳的方向。

"它们在歌唱,"穆尼耶更愿意这样说,"它们至少有八匹。"

他是怎么知道的?我听到的只是同一首哀歌。穆尼耶发出了一声尖叫。十分钟之后,一匹狼回应了他。于是,那样的一种对话就此建立了起来,我保留了它作为两个坚信彼此永远都不会友爱的生命之间展开的最漂亮的对话之一。"我们为什么要彼此分开?"穆尼耶说。"你想从我这里得到什么?"狼说。

穆尼耶唱着歌。一匹狼回应了他。穆尼耶不出声了,那狼却又叫了起来。突然,它们中的一头出现在了最高的山口上。穆尼耶唱了最后一遍,而狼则从山坡上朝我们跑来。由于头脑中充满了阅读中世纪故事——例如热沃当的寓言传说①,以及亚瑟王传奇故事②——留下的印象,我根本就不觉得一匹狼冲我们飞奔而来是一种令人愉悦的景象。瞧着穆尼耶的样子,我心中甚为欣慰。他的表情看起来就像法国航空公司的一位空姐遇到涡旋气流时那样毫不惊慌。

---

① 热沃当(Gévaudan)是法国一地名。在传说中,热沃当怪兽是一种专吃人的狼形怪兽,它们长着巨牙,尾巴比普通的狼更长。18世纪时,热沃当地区盛传这种怪兽袭击人类的事件,死亡人数高达200多人。
② 亚瑟王传奇故事是以欧洲传说中的英雄亚瑟为中心的中世纪传奇故事。它们记述了亚瑟王的一生、他的圆桌骑士团骑士们的奇遇,尤其是骑士朗斯洛的爱情故事等。

"它会在我们面前突然停下来。"他喃喃低声说,话音刚落,狼就在离我们五十米处凝滞不动了。

它默默溜走了,描画出一条切线,用一种长长的慢步行走把我们给绕过,水平方向地小跑起来,脑袋转向我们,让牦牛群也焦躁起来。黑色的牛群受到狼的惊扰,又一次离去,爬向山坡高处。这就是成群生活的悲剧:永远不得安宁。狼消失了,我们搜了一遍山谷,牦牛已经走上了山脊,夜幕降临,我们已经看不到那狼了,它蒸发了。

# 美

日子就这样一天天在窝棚中过去了。我们改善了一下日常生活的条件，我们堵了窟窿，来挡住冷风进屋。每天早晨，我们在日出前就离开了这地方。在黑暗中钻出睡袋时，我们体验的是同一种痛苦，而在迈开步子走出门外时，我们心中洋溢着的则是同一种快乐。一刻钟的努力足以让我们在一个冰冷的房间里活动开躯体。天光亮起，照亮了群山的尖锥，然后，从山坡上流淌开来，最终打开了冰川山谷，这是一条从未被积雪铺垫过的巨大通道。只要有一阵劲风吹来，空气中便会充满一团团叫人无法呼吸的灰尘。而就在这些黄土斜坡上，兽群留下了它们图画般点点滴滴的足迹。世界的高级时装。

我与雷奥以及玛丽一起，跟随着穆尼耶，而他则跟随着野兽。有时，在他的命令下，我们会埋伏在沙丘线的后面，等待着羚羊。

"'沙丘'，'羚羊'，"玛丽说，"那都是来自非洲的词汇。"

"这地方是一个伊甸园，带空调的。"

阳光普照，但并没有晒暖任何东西。天空，恰如一口水晶的钟，压缩了一股稀薄的气息。寒冷咬痛了我们。当我们不再想什么的时候，野兽来了。我们没有看到它们走近，但突然间，它们就已经在那里了，安扎在了尘土中。简直就是显灵。

穆尼耶跟我谈到了他在十二岁时拍摄的第一张照片：那是孚日山区的一只狍子。"哦，高贵，哦，简单而又真实的美。"年轻的欧内斯特·勒南①曾在雅典的废墟上这样祈祷。对于穆尼耶，这第一次相见，就是他的那个雅典卫城之夜。

"那一天，我铸就了我的命运：看到野兽。等待它们。"

从那时起，他就把更多的时间花在了俯卧在树桩后面，而不是坐在学校的长凳上。他父亲没有过于强迫他。他没有获得中学毕业文凭，便在建筑工地打工谋生，直到后来他拍的照片得到了奖励。

科学家们高高在上地俯视着他。穆尼耶则用艺术家的眼光看待自然。对那些痴迷于计算器的人，那些"数量统治"的奴仆来说，他毫无价值。我曾经遇见过一些这样会计算的人。他们给蜂鸟套上环标，他们剖开海鸥的肚子，采集胆汁样本。他们把现实列入方程式。一个个数字彼此相加。那诗

---

① 欧内斯特·勒南（Ernest Renan，1823—1892），法国哲学家、历史学家和宗教学家。《在雅典卫城上的祈祷》是勒南的散文名篇。

意呢？缺席。知识在进步吗？不太确信。在数码数据积累的背后，科学掩盖了自身的局限性，对世界进行编码的工程，声称要增进知识。那也实在太自命不凡了。

而穆尼耶，则把他的职责交还给大自然的光彩，而且只是给了它。他赞美狼的优美，鹤的优雅，熊的完美。他的照片属于艺术，而不属于数学。

"你的那些诽谤者更喜欢去给老虎的消化模式建模，而不是拥有一幅德拉克洛瓦的绘画。"我说。欧仁·拉比什在十九世纪末，就预感到了学究时代的滑稽可笑："夫人，统计学是一门现代的实证的科学。它突显了种种最隐晦模糊的事实。因此，最近，全靠一些勤奋的研究，我们终于知道了一八六〇年在巴黎新桥上走过的寡妇的确切人数。"[1]

"一头牦牛就是一个贵族老爷，我才不会在乎它今天早上反刍了十二次！"穆尼耶回答说。

他看起来总像是在酝酿着一种忧郁。他从来就不提高声调，生怕会吓到雪雀。

---

[1] Eugène Labiche, *Les vivacités du Capitaine Tic.*——原注。欧仁·拉比什（Eugène Labiche，1815—1888），法国戏剧作家。这里提到的《梯克船长的冲动》(1861) 是他创作的一出三幕喜剧。

# 平　庸

又在尘土飞扬的斜坡上度过了一个上午。已经是第六个了。这些沙曾经是被河流磨碎的一座大山。一块块石头保留下了两千五百万年的秘密，而当年，海水也曾在这地方流淌。空气使一切运动瘫痪。天空像一块铁砧一样蓝。一层冰霜像一片薄纱覆盖在沙子上。一只瞪羚正脖子一动一动地小口吃着雪。

突然，来了一头野驴。那动物停下步子，十分戒备。穆尼耶把眼睛紧紧贴在相机的取景器上。这一体操动作跟狩猎意识紧紧结合在一起。穆尼耶也好，我也好，谁都没有杀手的心灵。为什么要摧毁一头比自己更强大、更适应自然的野兽？猎手一箭双雕。它摧毁了一个生命体，同时也在自己心中杀死了那种恼恨，恨自己远不如狼那般威武刚强，恨自己远不如羚羊那样身手矫健。砰！一击发出。"终于。"猎人的妻子说。

必须理解他，这个可怜的家伙，当你周围的人全都紧张得像一把张开的弓时，你再大腹便便地待在一旁逍遥，那就是不公平的。

野驴没有再离开。假若我们刚才没有看到它是怎么来到的，那么现在，我们说不定就会把它看作一尊沙雕。我们俯瞰着离我们的营地有五公里远的那条冰冻的河的岸坡，我谈到了法国狩猎者联合会主席 B 先生——他喜爱戴有羽饰和天鹅绒花边的帽子——在几年前寄给我的那封信，当时，我刚刚发表了一篇文章，抨击了猎人们的所作所为。他在那封信中指责我是穿着流苏鹿皮鞋的小小城里人，没有丝毫的悲剧感，只配在花园里散步，只爱叽叽喳喳的山雀，却会被枪栓的啪啦啪啦声吓坏。总之，一个奶油小生而已。我是从阿富汗山区的一次小住后回来时读到的那封信，我这样对自己说，一个用长矛刺穿猛犸象肚子的男人，跟一个长着双下巴、在喝白兰地吃夏乌尔斯奶酪之余把一枚枚铅弹发送给一只肥胖山鸡的先生，竟然能同样地享用"猎人"这一名称，那可实在是太遗憾的事了。用同一个词来形容完全对立的对象，丝毫无助于解决世界的苦难。

# 生　命

　　太阳永远处在它冰雪宫殿里的徒劳之点。奇怪的感觉，把脸转向空中的火球，却没有感受到光的抚摩。穆尼耶带我们继续走在斜坡上。我们离开棚屋从来就没有超出过10公里。有一次，我们走向了山脊线。而另一次，则去了河边。这一相对平衡的来回跋涉足以让我们遇见当地人了。

　　对野兽的爱早已在穆尼耶心中消灭了一切虚荣心。他对自己实在不太感兴趣。他从来没有抱怨过，而相对地，久而久之，我们也不敢宣称自己累了。那些食草动物转起了圈，扫荡了连接着山坡和斜谷的牧场。在高低不平的地褶中，坡地与谷地凹槽连接的地方，有细细的泉水流出。有一群野驴走过，在它们永不颤抖的腿上，展现出一身象牙色的皮毛，这是一种脆生生的优雅。又有一队羚羊走过，在它们的身后掀起了一层面纱般的尘雾。

　　"Pantholops hodgsonii。[①]"穆尼耶说，他当着动物的面

---

[①] 拉丁语，藏羚羊的学名。

说起了拉丁语。

阳光把尘埃变成一道金色的航迹，如一张红色的网撒落下来。野兽的皮毛在光芒中震颤，给人一种蒸汽升腾的幻象。穆尼耶，太阳的崇拜者，总能设法待在逆光的境地中。这是矿质荒漠的一片景观，是由种种岩浆运动带上天空的。这些景观构成了亚细亚高原标志性的纹章学：一座高塔架在一处斜坡上，其脚下是长长的兽群。每一天，在光秃秃的平川上，我们都能提取我们的幻象：一些猛禽、一些鼠兔、一些狐狸和一些狼。好一类动作敏捷的凶猛野兽，非常适应高海拔地带的凶暴环境。

在这高原的生死较量场上，上演着一出悲壮的戏剧，虽然很难觉察到，却完全符合规律：太阳升起，群兽互相追逐，只为彼此相爱，或彼此咬噬。食草动物每天要花15个钟头低头觅食。这是它们的诅咒：慢悠悠地生活着，一心一意地吃着数量虽少却是白送的青草。对于那些食肉动物，生活则更扣人心弦。它们追捕着一种稀缺的食物，其中的争夺构成了对一场血腥的节庆盛宴的承诺，也是对一种美滋滋的午休前景的期待。

所有这一切都在死去，而被猛禽撕碎的尸体散布在高原的各处。过不久，被紫外线烧坏的尸骨架说不定就会重新加入生物学的圆舞中去。这就构成为古希腊的那种美丽直觉：世界的能量在一个封闭的圆圈中循环，从天空到石头，从青草到血肉，从血肉到泥土，而一切，都在一个太阳的指引下，因为是太阳为世上的一切氮循环提供了光子。藏人的《度亡经》①说的是跟赫拉克利特②以及强调万物皆流的哲学家们同样的话。万物消逝，万物流溢，万物波动，驴子在前头奔跑，狼在其后追逐，秃鹫在空中翱翔：秩序，平衡，阳光普照。一番压倒一切的静默。一道没有过滤的光。很少的人。一场梦。

而我们就坚守在那里，在这个命中注定的、令人眼花缭乱的、病态的花园里。穆尼耶曾预告过：到了零下30摄氏度，这里可就成了天堂。生命全都聚集在这里：出生、奔跑、死亡、腐烂，以另一种形式再回归到这游戏中来。我理解了蒙古人的希望，他们要让死者在草原上腐烂分解。如果我母亲曾经表达过那样的意思，我会愿意把她的遗体安放在昆仑山的一个皱褶处。爱吃腐尸的猛禽会先把它撕碎，然后

---

① 《度亡经》(*Bardo Thödol*)，即《西藏度亡经》，又译为《中阴得度法》或《中阴救度密法》。作者为8世纪印度高僧莲花生大师，该书依照佛教义理详细介绍了人离世之后处于中阴阶段（这一阶段最长达49天，然后开始下一期生命）的演变情形。它蕴含着一套丰富的临终、死亡及死后世界的知识和图景。
② 赫拉克利特（Héraclite，约公元前544—前483年）：古希腊哲学家，爱菲斯学派的创始人。他以对立统一的观念看待世界，认为万物都处于不断的变化之中，"万物皆流"。

分而食之，分给其他的动物、其他的牙齿，让它散落到其他的躯体——老鼠、秃鹫、蛇——中，由此，让一个孤儿去尽情地想象，他母亲是如何处在一羽翅膀的拍打中，一片鳞甲的涟漪中，一团羊毛的颤抖中。

# 在　场

穆尼耶弥补了我的近视。他的眼睛能觉察一切，对此我一点儿都不怀疑。"让目标突然显现，这远远要比让它具有意义更为重要"①，让·鲍德里亚在论述艺术作品时这样写道。滔滔不绝地议论羚羊又有何用？它们已经露面了，先是在远处震颤，待渐渐走近，凝定了它们的轮廓，突然就那样摆开了姿势，定型在了一种脆弱的在场之中，而任何一丝不安都会导致这一在场消逝得无影无踪。我们看到过它们。这便是艺术。

无论是在孚日山脉，还是在尚普索尔②地区，玛丽和雷奥一直就跟穆尼耶相依为伴，他们在辨认难以觉察的目标方面早已获得了长足的进步。在这荒漠高原上，他们有时会

---

① Jean Baudrillard, Préface au catalogue de l'exposition de Charles Matton au Palais de Tokyo, 1987.——原注
让·鲍德里亚（Jean Baudrillard, 1929—2007），法国哲学家、现代社会思想家。这句话见于他为1987年在巴黎东京馆展出的夏尔·马通作品展的展品名册而写的序言。
② 尚普索尔（Champsaur），法国一地，位于上阿尔卑斯省。

在金色的岩石丛中发现登场的羚羊，或者在阴影中看到回家途中的土拨鼠。看到不可见：这是道家的原则，也是艺术家的意愿。我，我在草原上遍游二十五年，看到的却还不及穆尼耶所捕获的十分之一。一九九七年，我在藏南地区遇到过一匹狼，我在鲁昂的圣马克卢教堂的屋顶上面对面地遇到过一只石貂；二〇〇七年和二〇一〇年，我在西伯利亚的寒带针叶林中撞上过几头熊；一九九四年在尼泊尔，我甚至很惊恐地感受到一只狼蛛爬过我的大腿。但那都是一些发生在我面前的偶然遭遇，我并没有作出任何努力去使之产生。人们可以费劲地探索世界，却从生者的边上错过。

"我四处走动得很多，到处都被注视，我对此却一无所知"：这是我新的赞美诗，我以藏人的方式嘟嘟囔囔地念诵它。它简述了我的一生。从此，我将知道，我们将闲逛在那些看不见的脸上一双双大睁着的眼睛之间。通过集中精力和加强耐心的双重训练，我补偿了我以往的那种漠不关心。让我们把它称之为爱吧。

我刚刚明白到：人的花园里充满了各种生灵的在场。它们并不想伤害我们，但它们盯着我们。我们做的一切，没有一样能逃过它们的警惕。野兽们是广场的守卫，人在那里滚铁环，还以为自己是国王。这是一个发现。它一点儿也不令人讨厌。我从此就知道我并不孤独。

桑利斯的塞拉菲娜①是二十世纪初期的一位画家，是半疯癫半天才的艺术家，趣味稍稍有些媚俗，不怎么受重视。在她的油画中，她用一个个小斑点画出眼睛大睁的树。

耶罗尼米斯·博斯②，这位来自弗拉芒腹地的画家曾经把一幅版画取名为《树林有耳田野有眼》。他在画中描绘了一些长在土壤中的眼球，并且让两只人类的耳朵竖起在一片森林的边缘。艺术家们知道这一点：那野生者在瞧着你，你却没有觉察到它。而当人的目光捕住它时，它就消失了。

"那里，对面的山坡上，一只狐狸，一百米远！"当我们要从冰面上过河的时候，穆尼耶对我说。而我则花了很长时间才看清楚我正在瞧着的是什么。我不知道我的眼睛早已捕捉住我的脑子拒绝构想的东西。突然间，那野兽的身影就显现出来，就仿佛，一种色素接着一种色素，一处细节接着一处细节，它就在岩石丛中清晰起来，向我展示了自己。

我安慰着自己的无能。知道自己被仔细巡视过而又没有引发丝毫的怀疑，我心里真有一种由衷的快乐。赫拉克利特的只言片语："大自然喜欢隐藏起来。"这个谜一般的句子意味着什么？大自然隐藏起自己，是为了避免被吞噬吗？它

---

① 塞拉菲娜·路易（Séraphine Louis，1864—1942），法国女画家，稚拙派代表画家之一。她以桑利斯的塞拉菲娜（Séraphine de Senlis）之名而闻名。
② 耶罗尼米斯·博斯（Jérôme Bosch，1450—1516），荷兰画家。他的很多画作描绘人类的罪恶与道德沉沦。

隐藏起来是因为力量并不需要表现出来吗？并非一切都是为人类的眼睛而创造的。无穷小摆脱了我们的理智，无穷大摆脱了我们的贪婪，而野兽，则摆脱了我们的观察。动物自有其统治，而就像红衣主教黎世留① 窥视着他的人民一样，它们也在监视着我们。我知道它们还活着，正在迷宫里转悠。而这一好消息是我的青春活力！

---

① 黎世留（Richelieu，1585—1642），法国政治家、外交家，后升为红衣主教、首相。

# 简　单

一天晚上，我们正坐在窝棚的门口喝着红茶，玛丽提醒我们说，在山麓侵蚀平原的最低处形成了一片旋流状的云雾。那是一群野驴，一共八头，正在离我们窝棚四公里的地方，沿着河流从东向西朝我们这边而来。说话之间，穆尼耶早已一把抓起了他的望远镜。

"是'Equus kiang'，"当我问他西藏野驴的拉丁语学名是什么时，他这样回答道，"私下里，我们就直接管它们叫野驴。"

它们在北边的一片遍布了禾本科植物的草地上停了下来。这一天，我们在小屋前的山谷里几乎没有看到任何生物。而前一天，在那里歌唱的狼引起了一片恐慌。当狼歌唱时，野兽们便不跳舞了。它们躲了起来。

我们离开了庇护所，走近了正藏在冲积坡后面排成一条直线的驴子。一只金鹰为兽群饰以一圈光轮。我们来到山坡上的一弯峡谷，我们身穿迷彩服，弯着腰，弓着背，沿着干涸的河床，一路向前推进。野驴们正紧张地吃着草。它们黄褐色的皮毛上文有一条条黑线，形成了珍贵的斑点：

"好一只独脚小圆桌上的瓷器啊。"雷奥说。

这些野驴，是马的近亲，并没有忍受过驯养的耻辱。这些野驴都是幸存者。我们清晰地辨认着它们那凸起的脸部，那生硬的鬃毛，那圆鼓鼓的屁股。风儿在它们的身后展开了一幅由尘土构成的水墨画。这些野兽离我们有一百米，而穆尼耶则瞄准了它们。它们箭一般地飞奔向西，像是触了电一样。一块小石头在我们的脚下活动了一下。一股电流穿越了整个高原。阵风呼啸，光线在驴蹄扬起的尘埃中爆炸，这骑者的行列把云彩中的雪雀都冲得七零八落，一只受惊的狐狸死命地跑着。生命，死亡，力量，逃逸：简直美得天崩地裂。

穆尼埃不无忧伤地说：

"我生命中的梦本该是完全看不见的。"

我的大多数同胞，其中首先是我，想要的正好完全相反：展示我们自己。如此，我们便完全没有任何机会去接近一头野兽。

我们回到了所住的小窝棚，根本就没想把我们好好隐藏起来。夜色越来越浓，寒冷不那么刺透我的骨头了，因为黑夜让寒冷变得更合法。我重又关上了藏身之地的门，雷奥点燃了煤气炉，我还在想那些野兽。它们正在准备迎接血与霜的时辰。外面，狩猎者之夜开始了。一只纵纹腹小鸮的鸣叫声已经转了调。它们宣告了一整套内脏外翻手术的开始。每一个猎手都在寻找自己的猎物。狼、猞猁、貂都将发动袭击，野性的节庆将持续到黎明。太阳才会让狂欢的盛宴结束。那时候，幸运的食肉动物饱餐一顿后会躺下来休息，在阳光下慢慢享受夜晚征战的成果。而那些食草动物，它们，则会重新开始它们的漫游，吞食几丛草，用来转换成逃逸所需的生命能量。为生计所迫，它们不得不低下脑袋，在地面上啃吃一份微薄的口粮，脖子则被决定论的重负压得弯下来，大脑皮质则粉碎在额骨上，根本无法逃脱命中注定的牺牲后果。

我们在羊圈里煮浓菜汤。炉子发出的哼哼声给人一种温暖的幻觉。室内的气温是零下10摄氏度。我们列举了一星期里经历的种种视象，眼前的现实跟土耳其人入侵库尔德地区①相比，虽不那么可悲，倒也让人激动不已。说到底，一匹狼冲向野牦牛群，八头野驴在一只苍鹰的盘旋之下逃亡，相较于一位美国总统对韩国总统的拜访，其意义完全不会更少。我梦见一家专门报道野生动物的日报。报纸上写的不是"狂欢节期间的谋杀攻击"，而是"岩羊占据了昆仑山"。如

---

① 库尔德地区（Kurdistan），指库尔德人聚居或以其为主要居民的地区。在西亚北部，包括土耳其东南部、伊拉克北部和伊朗西部若干地区，以及叙利亚和亚美尼亚的一小部分。

此，我们会少一点焦虑，多一点诗意。

穆尼耶舔食着他的浓菜汤，并且，不可避免地，在他的皮帽子底下，消瘦的脸颊上，带着一种白俄罗斯冶金专家的神态，用一种非常有社交经验的口吻开口说："难道我们不能以甜蜜的一口来结束这一顿吗？"说着，便用匕首打开了一个罐头。他把自己的生命都奉献给了对野兽的崇敬。玛丽也走上了这一条生命之路。他们还怎么能忍受回到人的世界中来，也就是说，回到混乱中来呢？

# 秩　序

　　翌日上午，我和雷奥躲藏在河岸边冲积坡的后面，就在河的一条小小支流的出口处。这是观察各路通道的一个极好的潜伏点。一团团黑乎乎的影子在岩石上跑过。坟墓的景象，静悄悄的太阳，强烈的光线：我们等待的只是野兽。穆尼耶和玛丽躺趴在西侧，躲在黑黑的大方石块的阴影下。一些瞪羚在两百米开外处啃吃青草。它们光顾着吃它们的草了，竟然放松了警惕，不知道一头狼正在悄悄接近。一番捕猎即将开场，鲜血将流淌在白色的灰土中。

　　发生了什么事？为什么又是如此这般残酷的狩猎，为什么如此的痛苦会一再重演？在我看来，生命似乎就是一连串的攻击，而风景，表面上那么安宁，实际上却是在所有的生物学层面上——从草履虫到金鹰——犯下的谋杀罪的背景。佛教，作为一种讲究摆脱苦难的哲学，从七世纪起就栖息在青藏高原上。青藏高原则是此类问题被提出来的最理想地点。穆尼耶眼下就埋伏在那里，他可以一连待上整整八个小时。这就给尽情的玄想留出了大量的时间。

先决的问题:为什么我总是在一片风景中看到恐怖的幕后?即便是在贝勒岛①,面对着灿烂阳光下一片温和的大海,置身于那些心无旁骛、只想在黄昏之前喝空杯中的吉夫里葡萄酒的度假者之中,我也会尽情地想象表象底下的无情战争:螃蟹正在撕碎它们的猎物,面目狰狞的七鳃鳗正吸食着嘴里的牺牲品,每一条鱼都在寻觅比它更弱的弱者,千百万个荆棘、尖喙、獠牙正无情地撕扯各种各样的皮肉。为什么不停止想象罪孽,好好地享受一番美丽的风光呢?

在宇宙大爆炸之前,在不可思议的年代中,安息着一种强力,宏大而又单一。它的统治在微微搏动。它的周围,则是虚空。人们曾争相给这个信号取个名字。对某些人来说,它是神主,把我们掌控在它的手心中,作为一种变化(devenir)。一些更谨慎的头脑则称它为"存在"(l' Être)。而对另一些人来说,它就是原始之唵②的振动,那是一种期待中的物质能量,一个数学的点,一种未分化的力量。在大理石的白色岛屿上的一些金发水手,希腊人,曾经把这脉动叫做"混沌"(chaos)。而一个游牧人的部落,希伯来

---

① 贝勒岛(Belle-Île),法国布列塔尼地区最大的岛,位于莫尔比昂省,距大陆14公里。
② 唵(Om)是一个经常在佛经和印度教经典里出现的种子字,并有其特殊的意义,象征着精神的认识和力量。印度教徒通常都会在家门口饰上这个字,以保家宅平安。根据吠陀经的传统,"唵"这个音节在印度教里非常神圣,它认为"唵"是宇宙中所出现的第一个音,也是婴儿出生后所发出的第一个音。

人，则把它称呼为"言"（verbe），而希腊人又把它翻译为"气"（souffle）。每个人都找到了一个词语来指称这个独一（unité）。每个人都磨快了手中的匕首来干掉他的反驳者。所有这些建议其实都意味着同一个东西：在时空中波动着一种元初的独特性。一次爆炸释放出了它。于是，本来并无大小的，蔓延了开来，原先不变的，有了数目，起初不可言喻的，说了个清楚，始终不加区分的，赢得了众多的面貌，一直黑暗的，则被照亮。这便是大决裂。唯一性（l'Unicité）的终结！

在混沌的融解中，种种生化元素液化了。生命出现了，互相分配着去征服地球。时间攻打着空间。这便是复杂化。众生纷纷扩张，走向专门化，彼此分离，每一个都通过吞噬他者来确保自身的延续。进化则发明出了捕食、繁殖和移动的种种精细形式。跟踪、诱捕、杀戮、繁殖成了一般性动机。战争是开放的，世界是它的战场。太阳已经着了火。它用自身的光子使杀戮变得更多更广，通过奉献自己而走向死亡。生命就是给屠杀起的名字，同时也是太阳的安魂曲。假如说，一个神主当真就是这一场狂欢的起源的话，那就得有一个更高级的法庭，才能从法理上演绎它的行为。为世间的种种造物提供一个神经系统则是邪恶层面上的最高发明。它把痛苦作为一个原则献上。假如造物主真的存在，它就该把自己称为"痛苦"。

昨天，人出现了，一种有着众多源头的蘑菇。他的大脑皮层给了他一种前所未有的才能：把摧毁非自身之物的能力提升到一个最高的程度，同时却哀叹自己竟然有此能力。在疼痛之上，还要加上清醒感。好完美的恐怖啊。

由此，每个生灵都是彩绘玻璃窗的一个原始碎片。这天早上，在青藏高原的中部，羚羊、秃鹫、蟋蟀，这一切在我的眼中都成了挂在大自然之天花板上的迪斯科旋转球的一个个小亮片。我的朋友们拍摄的这些野兽构成了分离的衍射性表达。究竟是什么样的意愿发明创造出了这些可怕的有些掺假的形式？要知道，随着几百万年的时光就此过去，这些形式也变得越来越巧妙，越来越疏远。螺旋、颌骨、羽毛、鳞片、吸盘和有握执力的拇指，都是那个天才而又狂妄的强力的奇品柜里的珍宝，它战胜了整一性，精心安排了万物欣欣向荣的繁茂景象。

那匹狼靠近了一群瞪羚。瞪羚则以同一个动作，抬起了脑袋。半个小时过去了。谁都不再动弹。太阳也好，野兽也好，连同凝固在了望远镜后面的我们自己，谁都没动。时间在消逝。唯有影子的碎片慢悠悠地在高山上滑过，像是在冲锋：那是朵朵云彩。

现在，统治着这一切的是万千生灵，是当初"唯一者"的所有物。进化持续进行它的种种行动。我们中有许多人都在梦想着原始的年代，那时，一切都还沉浸在最初的震颤中。

怎样才能平息这种对原始大启动的怀念呢？我们总是可以向造物主祈祷。这是一件很愉快的事，不像捕箭鱼那么累。我们面对着一种远远出现在万物分离之前的统一属性，我们跪倒在一个礼拜堂里，我们喃喃念诵着赞美诗，心里在想：神啊，你为什么不满足于自己，而要投入到你那生物学的实验中去呢？祈祷注定是要失败的，因为来源实在太复杂，而我们又来得太晚。对此，诺瓦利斯说得更为巧妙："我们追求绝对，我们只发现事物。"①

人们可能同样会想到，原始能量还残留在我们每个人的身心中，并且搏动不已。换句话说，我们每个人身上都有一点点原始的颤音在振响。死亡会把我们重新并入到本初之诗中。当恩斯特·容格尔手心中拿着一小块前寒武纪的化石，默默思考着生命（即不幸）的显现，梦想着万物的起源时，他这样说："有一天，我们将会知道我们是彼此认识的。"②

最终，穆尼耶自有他自己的技术：到处追踪原始乐谱的

---

① Novalis, *Grains de pollen.* ——原注
  诺瓦利斯（Novalis，1772—1801），德国浪漫主义诗人。《花粉粒》是他的一个集子，由长短不一的14个片断组成，言及诗歌、哲学、历史等话题。
② Ernst Jünger, *La cabane dans la vigne.* ——原注
  恩斯特·容格尔（Ernst Jünger，1895—1998），德国作家和思想家，军国主义者。这里提到的《葡萄园中的小棚屋》是他1945—1948年间的日记。

秩 序

种种回声，向狼打招呼，给鹤拍照片，用快门的咔嚓一响，把进化爆炸中的母物质的种种碎片全都集中到一起。每一种野兽都构成迷途之源的一种闪光片。一时间，我们的忧伤减弱了，不再在水母女神的睡眠中搏动。

潜伏就是一种祈祷。瞧着那只动物的时候，我们的行为就如同神秘主义者：我们是在向原始的回忆致意。艺术也同样作用于此：把绝对的种种碎片重新黏贴在一起。在博物馆里，我们从一幅幅绘画前面走过，它们是同一幅拼贴画的一个个方块。

我向雷奥展示着这些思考，他则利用一次气温升高的机会睡着了。当时的气温是零下15摄氏度，那匹狼又走了起来，一直到离开，都没有攻击那群瞪羚。

# 第二部

# 广　场

# 空间的进化

第十天,黎明时分,我们离开了我们的住所,乘越野车向西出发。太阳照得大地一片白亮。"光亮的黑暗的心",一个道家的信徒会这么说。我们瞄准了昆仑山脚下的纳木错,它离我们的庇护所有一百公里。穆尼耶曾说过:"让我们前往山谷的开端,那里会有牦牛。"好一个日程。

一百公里长的车辙,得花上一个白天的时间。起伏的黑色斜坡如从天上流淌而下,被数百万个冬天夷为平地。山谷敞开,宽至极阔,在它的北缘得到了山麓的保护。偶尔,会有一座海拔六千米高的山峰表明它的存在。谁会在乎呢?动物都不会上去的。在这些区域,登山活动也不存在。众神都已隐退了。几道沟壑划破了山坡,就仿佛连水都拒绝往下流,就是说,拒绝死掉。气温在零下20摄氏度,荒漠中充满了一条条逃亡线:野驴在尘土中奔跑,羚羊打破着纪录。野兽从来都乐此不疲。猛禽久久地盘旋在那些啮齿目动物藏身之洞的上空。高傲的金鹰、神圣的秃鹫、蓝色的岩羊互相交叉碰面:冰冻花园中的古代斗兽士。一匹狼在小径附近小偷小摸，它守定在一片冲积坡上，一脸安宁的神态。这些动物可真是有些恼人呢，它们就在海拔五千米左右的地方嬉戏。我很气恼。

风景自有其层次，就像挂在喇嘛庙墙上的唐卡那样。三大层块构成了它的辉煌。天空中：永恒的冰雪。山坡上：云雾缭绕的岩石。谷地中：迷醉于速度的生灵。十天之后，与这些动物相逢就将成为家常便饭。我抱怨自己对它们的显现已经习以为常。我想象着凯伦·布里克森[①]每天早上在恩贡[②]山脚下吃她的早餐，面对着一大群突然出现的火烈鸟，一脸若无其事的表情。我在心中自问，她是不是已经厌倦了这一壮美的景象。她写出了《走出非洲》，那是关于人间天堂最美的书。这证明，人们从来就不会厌倦那无法描绘之物。

羌塘越来越近，我那爱之约会的前奏曲已经奏响。在我二十到三十五岁之间，多年里，我一直就在围绕这一主堡转圈。步行，坐卡车，骑车，我始终就漫游在那些堂前广场上，而没有进入庙堂之内，甚至都没有从墙头上往里面瞥去一眼。这一高原平均海拔有五千多米，占据了青藏高原的中

---

[①] 凯伦·布里克森（Karen Blixen，1885—1962），丹麦女作家。1937年出版的《走出非洲》是她最著名的作品。
[②] 恩贡（Ngong）位于非洲肯尼亚南部内罗毕西南附近的大裂谷，是一处丘陵。

心，面积跟法国一样大，确保了北面的昆仑山脉和南部的喜马拉雅山脉之间的过渡。整个地带不属于整治规划的区域，而这一名称则是由技术专家体制造成的空间破坏的代名词。没有人定居在这片土地上，只有一些游牧民来回地穿越它。没有任何城市，也没有公路。只有一些帆布帐篷在狂风中啪嗒啪嗒直响：这便是有人在场的证明。地理学家们相当模糊地绘制了这片高海拔荒漠的地图，并在二十一世纪出版的地图上依然复制着十九世纪探险家们走过的路线。若是能强调一下这片高原在那些为"冒险的终结"唱哀歌的人心中的存在，那已经就算很不错的了。那些死去的灵魂在哀叹："我们生在一个没有秘密的世界里，实在是生得太晚了。"只要稍微寻找一下，人们就会发现，阴影地带还是存在着的。只需要找到正确的门，把它们推开，走向正确的备用楼梯。羌塘提供了楼梯之间的通道。但是，要走到那里，该付出多大的努力啊！

美国生物学家乔治·夏勒①——享有世界声誉的一张漂亮的美国面孔——于二十世纪八十年代曾在这一带游历，并对熊、羚羊和雪豹等野生动物进行过研究。他曾提醒公共

---

① 乔治·夏勒（George Beals Schaller, 1933— ）是一位美国动物学家、博物学家、自然保护主义者和作家。他一直致力于野生动物的保护和研究，在非洲、亚洲、南美洲都开展过动物学研究，曾任国际野生动物保护学会的负责人。

空间的进化

决策机构密切注意偷猎者的存在,陷阱和狩猎正在危害高原。但在当时,没有人爱听这个美国人的话。一直要等到一九九三年,该地区才被列为自然保护区,而直到二十一世纪,任何形式的狩猎才都被禁止。夏勒的书就是我们的福音书,它就放在我们汽车的车窗台上。那本书的书名是 Wildlife of the Tibetan Steppe,而这,根据我们几个人中最有学问的那个雷奥提供的信息,用全球性的土话来说,就是"西藏大草原上的野生动植物"。穆尼耶几年前见过夏勒。大师对他拍摄的北极狼的照片给予了热情的赞扬。我们的朋友当时就有一种被国王授勋的感觉。

为这次旅行,我们将夏勒宣告为双重身份的导师。他已经初步理清了羌塘的秘密。在七十年代,他跟作家彼得·马西森①一起在尼泊尔的多尔波②作了徒步旅行。这两个美国人曾经追踪过岩羊和雪豹。夏勒真的发现了雪豹,但是马西森错过了它,好在,他后来带回了一本迷宫般的书,书名就叫《雪豹》,在书中,他不仅谈到了密宗,还涉及物种的进化问题。当初,马西森基本上就是在全身心地关注他自己。而现在,跟穆尼耶在一起,我开始感觉到,对野兽的

---

① 彼得·马西森(Peter Matthiessen,1927—2014),美国小说家、自然学家。写有小说《雪豹》(1978)、《疯马的精神》(1983)等。
② 多尔波(Dolpo)是尼泊尔西部多尔帕区(Dolpa)的一个高海拔地区,北部与中国接壤。

苦思冥想会把你自己投放到你的倒影面前。动物体现了肉欲、自由、自主；而这些都是被我们弃绝了的。

离湖还有五十公里的地方，一束新的光出现在了天空中：是那片水面反射在空中的光。一群动物正向南奔跑而去。我打开了夏勒的那本福音书，认出来那是一些藏羚羊。图画旁的文字明确了它的藏语名称："chirou"。

"停下！"穆尼耶说，他根本就不需要夏勒的智慧之光。

我们把汽车留在了小路中央。羚羊的皮毛让枯燥的风景一下子就充满了轻松活泼的色斑。它白里透着灰，比羊绒还柔软，而正是它们的绒毛让它们遭了罪。偷猎者通常会把羚羊皮卖给纺织业的厂家，这可是全球流行的商贸行为。尽管政府实施了种种保护计划，这一物种还是面临着灭绝的危险。一片光芒闪耀在它们的脖子上，我怎么也赶不走这样一个想法：人类在地球上过往驻留所留下的痕迹之一，恐怕会是他们的那种能力——彻底腾空那地方。人类解决了界定他们自身本质的哲学问题：他是一个清洁工。

由此，我在自己心里说——望远镜的目镜几乎都被压碎在了眼眶中——这些一会儿系紧、一会儿又解松其兄弟般的奔跑腾跃①的生灵的毛皮最终注定要披挂在人类的肩上，

---

① 这一句（法语为"laçant et délaçant leurs courses fraternelles"）是对法国诗人夏尔·贝玑诗篇《夏娃》中几句诗的仿写。

而相比之下，人类的体能显然是微不足道的。换句话说，吕塞特，即便不能跑一百米，也永远不会因为自己戴了一条羚羊皮的围巾而脸红。

我趴在小路的深沟中，面对着一片微微向北倾斜的白色鹅卵石的平地。玛丽拍摄了两只彼此争斗的雄性羚羊。它们的大角互相碰撞着：发出的是瓷器敲打在漆木茶碗上的声响。这羚羊像是拿着弯曲的短剑朝前刺去。这利剑可以穿透一个肚皮，却不能粉碎一个脑壳。两个火枪手终于拆开了纠缠在一起的花剑。胜利者得意地跑向一群雌性，那便是它的奖赏。玛丽收起了摄像机，说：

"它们争斗，它们去找姑娘：多么老套的故事啊。"

# 单一与繁多

纳木错湖，藏传佛教的圣地①，高高地悬置在海拔四千八百米的大草原上。它把它玉石般的圣体饼置放在一大片沙地中。黄昏时分，它出现在了我们眼前，就在平川的底部，它的北边是海拔六千米以上的犬牙交错的昆仑山，而南面就是齿耙一般的羌塘。而在它后面，就是那神秘莫测的高原。

在湖的西岸，当地政府早先专为信徒们建造了一排排工地木板屋。现在，那里没有一个人，只听得瓦楞铁皮的屋顶被风吹得哗啦哗啦直响，表明它还遗留在此。几面红旗还在飘扬，一只猛禽在空中游弋。空气真是空的，而生命却维系住了。日光西落，天色渐暗。在阴影中，湖水仍然呈现出乳白色。

我们把睡袋安放在被金属墙有效冷却的窝棚中。晚上七

---

① 纳木错相传为密宗本尊胜乐金刚的道场，是西藏三大圣湖之一。藏语"纳木错"（Nam Co）意为"天湖""灵湖"或"神湖"。

点钟时,我们用靴子连蹬带踹,好不容易才把断开的门勉勉强强地关上了。暮色苍茫之中,瞪羚还在奔跑,鼠兔还在跳跃,秃鹫还在盘旋。

"载营魄抱一,能无离乎?"《道德经》的第十章这样问道。这个问题是最佳的催眠药。自从我们遇上了那些动物后,它就成了萦绕在我脑际的顽念。回忆通过充满一种原始力量的世界而传播,粉碎成多种多样的虐待狂的形式。源泉分割了,某种事情发生了。我们可能永远都不会知道什么。道是起始之名,还是繁多之名?我翻开了《道德经》的第一章:

无名,天地之始;

有名,万物之母;

原初与众生。绝对与万物。

神秘主义者寻找母亲。动物学家则关心后代。

明天,我们会假装是这第二类。

# 本能与理性

一座无名的山峰耸立在南边。我们一来到湖边就发现了它：飘浮在高原上的一座金字塔，就在羌塘的边缘。在湖边安顿下来后的第二天，我们就排成一队，穿过缓坡，走向山顶。我们以为用两天时间就能登顶。地图标明它的海拔高度为五千两百米。到了山顶，景色一定会一览无余，"那将是我们的演剧化妆室"，雷奥曾经这样说过。我们想要的只是这样的地方：一个面朝广阔天地的阳台。我们在那里上演一出道家的小短剧：攀向天空，去观望虚空。首先，必须穿越一条冰河，于是，我们的靴子就捣碎了瓷器。在河的另一边，岩石开始一级一级上升。

穆尼耶、玛丽和雷奥走着，背负着沉重的装备。食物、露营用具，再加上摄影器材，使我朋友们的背包重量增加到三十五公斤。穆尼耶一个人就背了四十公斤的东西。更何况，他还拒绝丢弃他的文化背囊，夏勒的那本厚厚的书。而我，则因为没能为集体多出力而有些踌躇不安。我用记笔记来弥补我的羞耻感，休息时，我就把我记下的东西读给我的同伴们听。墨水冻住了,我把句子写得快得不能再快:"斜坡的岩石呈现出一条条黑色的纹理,那是上帝的墨水在流淌,他一定是在书写了世界之后把羽笔搁在了那里。"我发誓说,这并不是什么不太妥当的图像,因为,海拔五千米高处的那些风化为碎屑的锥体都有一种摆在桌上的墨水瓶的形状,而一种煤玉般的色泽则在它们的侧腰上闪耀。很远处,斑斑点点的野牦牛则形成了标点符号。

一堆堆崩塌的岩石像是为昏暗的山坡披挂了铠甲。山体表面的色泽反映出天空的光亮,让我们尽情地把它吸入胸中。我们会因寒冷而失明,会被风吹得如遭水洗。我的同伴们坐在阶地上喘气。峡谷打开了一条条黑暗的走廊。它们召唤着三种人:沉思者、勘探者、狩猎者。我们属于第一种。每个山谷都在吸引我们,但我们并没有偏离我们瞄准的方向。傍晚,我们把帐篷安置在海拔四千八百米处一个干涸的山谷的底部,赶在夜幕落下之前,我们来到一个小山顶,它比营帐点还高两百米,俯瞰着一片冰谷。六点钟,一头野牦牛挺身出现在了对面一个山头上,离我们有一公里远。然后,出现了第二头,接着又是第三头,它们一共有二十头,闪现在了最后的光亮中。它们的轮廓分明,勾勒出了一座城堡的众多雉堞的形象。

它们是寄送到一个个时代中的图腾。它们沉重,强劲,沉默,一动不动:太不现代了!它们没有进化,也没有互相交错见面。几百万年以来，同样的本能一直引导它们，同样的基因编码了它们的欲望。它们站立在那里，抵挡着风，抵挡着坡度，抵挡着混杂，抵挡着任何的进化。它们保持着纯洁，因为它们是稳定的。这是停顿于时光中的航船。史前史在哭泣，而它的每一滴眼泪都是一头牦牛。它们的阴影在说："我们属于大自然，我们不变，我们属于这里，属于永远。你们属于文化，你们是可塑的、不稳定的，你们不断地创新，你们会走向哪里？"

温度计指示的气温是零下20摄氏度。我们人类，注定要做的不是别的，就是来到这样的地方。地球表面的大部分地方都不对我们人类开放。而我们，适应能力差，什么都不擅长，只有大脑皮层才是我们致命的武器。它允许我们去做一切。我们可以使世界屈服于我们的智力，我们可以生活在我们自己选择的自然环境中。我们的理性掩饰了我们的衰弱。我们的不幸在于难以选择居住在哪里。

我们又该如何在我们那些彼此对立的倾向之间作出决断？我们并不像那些文化学家所宣称的那样"被剥夺了本能"，正相反，我们被太多彼此矛盾的本能所堵塞。人总是苦于他天生遗传的不确定性：要付出的代价则是犹豫不决。我们的基因并没有强加给我们任何东西，我们不得不在提供给我们意愿的所有可能性之间做出选择。这又多么让人头晕啊！能拥抱一切又是一种何等的诅咒啊！人急切地想做他疑惧之事，渴望触犯他刚刚建立的条律，一旦回到家中便梦想能出去冒险，但一旦出海航行就为他的珀涅罗珀①而流泪。他完全有能力登上所有的船只去远航，却惩罚自己永远都不快乐。他梦想着这一"同时"。但是，这一"同时"在生物学上是不可能的，在心理学上也是不可取的，在政治上更是不靠谱的。

有几个夜晚，我在巴黎第五区的一个露台上想入非非，我仿佛看到自己安宁地居住在普鲁旺斯的一个茅草屋里，但我立刻就把这一幻象驱走，开始想象冒险的踪迹。我无法为自己限定一个单一的方向，我总是在停止与行动之间犹豫不决，摇摆不定，我羡慕那些牦牛，这些怪物困锁在它们的决定论之中，由此，甚至会对自己的生存状态心满意足，留在尚能苟延残喘的境地中。

人类中的天才是那样的一些人，他们选择了一条单一的道路，没有任何偏离。艾克托·柏辽兹②就在"固定观念"（idée fixe）中看到了成为天才的条件。他让一部音乐作品的质量听从于主题的统一。如果人们想要流芳百世，名载史册，那么，最好不要去四处采蜜。

---

① 珀涅罗珀（Pénélope），是荷马史诗《奥德赛》中的人物，奥德修斯忠贞的妻子，他在丈夫出海远征特洛伊并暂时杳无音信后，拒绝了所有求婚者，一直耐心地等待丈夫归来。
② 艾克托·柏辽兹（Hector Berlioz, 1803—1869），法国音乐家，属于浪漫主义流派。

而野兽，出于生存的需要，则乖乖地待在命运为它锁定的环境中。基因的编码预定了它不得不一辈子待在它的生物圈环境中，哪怕那里时时充满了敌意。而对环境的适应使它变得至高无上。至高无上，因为它丧失了前往别处的欲望。动物，就是这一固定观念。

气温在急剧下降，我们不得不离开。我们丢下了那些牦牛。它们在反刍，它们没有动。我们是世界的主人，但，我们只是脆弱而又内心焦躁的主人。我们是游荡在城墙上的哈姆雷特。

我们回到了营地，爬进了睡袋。在拉上帐篷的拉链之前，穆尼耶向我们提出了他的建议：

"请别戴上耳塞球，狼也许会唱歌的。"

我正是为了听到这样的话，才出发来旅行的。

然后，月亮升了起来，但它帮不了我们什么，篷布下面是零下 30 摄氏度。睡梦结冰了。

# 大地和肌肤

凌晨四点,闹钟叫醒。温度计显示出是零下35摄氏度。从睡袋里爬出来真的是一件很愚蠢的事。

为避免在如此的条件下遭受寒冷之苦,就必须把一切都组织得井井有条。每一个动作都必须应对无误:找到手套,把鞋带从绒毛鞋帮的里头系紧,把每一件东西都按正确的顺序放好,先取下连指手套,扣上一条带子,然后敏捷地把它戴上。只要动作稍稍迟缓了一点点,寒冷就会抓住人的一条胳膊,而只有当它咬住另一条胳膊时,它才会把先前的那条胳膊给松开。寒冷就溜达在肌体组织的内部。这些年来,身体一直没有好转过。但是,通过动作到位的练习,我们可以减轻痛苦。穆尼耶曾那么多次把他的露营帐篷搭在冬季里的埃尔斯米尔岛①或者堪察加半岛②,他早已形成了动作迅速

---

① 埃尔斯米尔岛(Ellesmere),加拿大北极群岛中最北的岛,世界第十大岛。
② 堪察加半岛(Kamtchatka),俄罗斯远东地区的一个半岛,东邻太平洋和白令海。

的习惯，似乎并没怎么受到寒冷的打击。雷奥的动作也相当精准。他在我之前就收拾停当，背包扣好，衣服穿好。玛丽和我，则不免缺乏条理，有些潦草了，体验到了在一个冷冰冰的屋子里醒来的痛苦，同时又为可以开步行走而感到高兴。道明确说过，"躁胜寒"[1]。这也是热力学第一定律的说法。那天早上，根据中国古代思想和热物理学的指示，我们心甘情愿地投入到努力之中。

我们通过宽阔的山脊，爬上了五千两百米的高度。我们行进得很慢，因为很不适应气候。小小的山顶是一个由被冰霜冻裂的扁平石头构成的平台。天亮了，羌塘高原上的景色终于展开了。那是一片长达一公里的大平台，在灰尘中微微振动，带有白色的沼泽一般的纹理。薄雾缭绕在天际。在这片虚空中，生命隐藏着，但散发出气息。

我想象着从东到西的漫长穿越。有些地点的名称就是用来让人想入非非的，例如羌塘，它就为我履行了这样的功能。有时候，一些神奇的名字竟成为了绘画或诗歌的标题。维克托·谢阁兰[2]就梦想着他始终未能到达的西藏，他把它拼写为 Thibet，带有一个字母"h"。他从中看到了一个用

---

[1] 见《道德经》第45章："躁胜寒，静胜热"。
[2] 维克托·谢阁兰（Victor Segalen，1878—1919），法国诗人、作家、汉学家和考古学家，也是一名医生和民族志学者。其一生与中国结下深厚渊源，也因书写中国而负有盛名。

大地和肌肤

来净化心灵的深渊。后来，Thibet 成了他的一个作品集的标题，作为他对那些无法进入的家园故乡的爱情宣言。他表达了日耳曼式的冒险癖①，那是他对永远都不会前往的边缘之地的怀恋。我脚底下的羌塘为将来的冒险推荐了它的虚无：这是一个要拿下的王国，一片要举着旗子，列着长队，骑马走遍的土地。有一天，我们将会径直走在它干枯的脸上。我很高兴能从这么高的地方看到这一高原。我跟我兴许永远都不会熟悉的事物订了一个坚定不移的约会。

我们在山顶停留了两个小时，没有看到任何野兽，甚至连一只猛禽也没有。地面上的一道沟表明，有人用推土机刺破了这一片地带。兴许，那是一些探矿者？

"这个地区被掏空了，"穆尼耶说，"就像在我的老家孚日山区一样。早在二十世纪六十年代，我那很年轻的父亲就提醒过他的同胞。他预感到了灾难。蕾切尔·卡逊②写下了《寂静的春天》，揭露农药带来的危害。而在当时，很少有人看到威胁迫在眉睫。勒内·杜蒙③、康拉德·洛伦兹④、罗

---

① 原文为德语词"Fernweh"。
② 蕾切尔·卡逊（Rachel Carson，1907—1964），美国海洋生物学家、作家，她的作品《寂静的春天》（1962）引发了美国乃至全世界的环境保护事业。
③ 勒内·杜蒙（René Dumont，1904—2001），法国农业工程师，社会学家、生态主义者。
④ 康拉德·洛伦兹（Konrad Lorenz，1903—1989），奥地利动物学家。

贝尔·埃纳尔①，他们几乎是在真空中说教。我父亲等得心焦，人们把他看作极左分子，他也把它变成了一种病：忧伤之癌。"

"他从肉体上感受到地球的痛苦。"我说。

"如果你喜欢这么说的话，倒是也对。"穆尼耶说。

我们花了一整天时间，返回到世界的中央，我们的那个湖。经过八个钟头的跋涉，暮色四合时，我们坐在了岸畔上。寂静在嗡嗡作响。昆仑山已经落在了幽暝中，为我们设立了一道友好的岗哨。高原空空荡荡。没有些微声响，没有任何运动，没有一丝气味。好一番深广的睡眠。"道"澄净下来，湖面毫无涟漪。一派宁静中，教诲诞生了：

> 万物并作，吾以观其复。
> 夫物芸芸，各复归其根。
> 归根曰静，是谓复命。②

我喜欢这麻醉剂一般的神秘学说，道就像哈瓦那雪茄的烟，描绘出一个个甜蜜的谜。人并不被要求懂得很多，但，

---

① 罗贝尔·埃纳尔（Robert Hainard，1906—1999），瑞士艺术家、自然科学家、作家。
② 见老子《道德经》第16章。

迟钝就像读圣奥古斯丁①的书那样令身心愉悦。

一神论恐怕不可能在西藏诞生。唯一之神的概念是在新月沃地②中铸成的。游牧民和耕作农组织起来成为一个集体。在江河的岸边,出现了一座座城市。人们不能再满足于为母亲女神献祭公牛了。必须管理好集体生活,庆贺丰收,领牧羊群。人们铸造了世界的一种再现,在其中,牲畜群得到了赞美。人们发明了一种普遍性的思想。而道,则为孤独者保留了一种学说,依然游荡在高原上。这是一种孤狼的信仰。

"再读一读道吧!"雷奥对我说。

"天下万物生于有。"③

全速奔跑的羚羊,没有一只会来反驳这首诗。

---

① 圣奥古斯丁(Saint Augustin,354—430),古罗马帝国时期的天主教思想家。
② 新月沃地(croissant fertile)指西亚一带的两河流域及附近一大片肥沃的土地,由于分布地带在地图上就像一弯新月,故有此名。
③ 见《道德经》第40章:"天下万物生于有,有生于无。"

# 第三部

# 显　身

现在,女神就将显身。穆尼耶要去杂多,杂多就在青藏高原的最东边,澜沧江的河谷中。我们将从那里再走向高原,走向那些幸存的雪豹的藏身之地。

"从什么中幸存下来呢?"我说。

"从人类的繁衍中呗。"玛丽说。

人的定义:生命史中最繁荣的造物。作为物种,什么都威胁不了他的生存:他能开垦,建造,扩展。安顿下来之后,他便开始堆砌。他的城市朝着天空上升。"诗意地栖居在世界上。"十九世纪时,一个德国诗人曾这样写道①。这是一个美丽的规划,一个天真的愿望。但它并没有实现。二十一世纪的人,在他高高的塔楼中,以共同业主的身份生活于这一世界。他赢得了一局游戏,梦想起未来,贪婪

---

① "... poétiquement toujours/Sur Terre habite l'homme". Hölderlin, in «En bleu adorable».——原注
这是德国诗人荷尔德林(Hölderlin,1770—1843)的一句名诗,他这样写道:"人,总是诗意地/栖居于世。"

地瞄准了最近的星球，用以吸收他的超负荷。很快地，那些"无限空间"就将成为他的排污沟。几千年之前，创世之神主（他的话语在他变成哑巴之前就得到了记录）曾明确指出：你们"要生养众多，遍满地面，治理这地"(《圣经·旧约·创世记》一章二十八节)。人们会很理性地想到（而毫不冒犯神职人员），这个计划已经完成了，大地已经被"治理"，现在是时候让这一母体子宫好好地休息了。我们有八十亿人，却只剩下几千只雪豹。人类不再是在玩一个公平的游戏了。

# 只有野兽

前一年，穆尼耶和雷奥曾经在这条河的右岸小住过一段时间，在一座佛寺附近观察野生动物。单单是澜沧江这一名字就能证实那次旅行的名声。那些名字一直在振响，我们纷纷奔向它们，仿佛被磁化了一般。撒马尔罕①和乌兰巴托②这些名字也是如此。而对其他一些人来说，巴勒贝克③就足矣。还有一些人甚至会在拉斯维加斯④的名字面前哆嗦不已！

"你喜欢地名吗？"我问穆尼耶。

"我更喜欢动物名。"他说。

---

① 撒马尔罕（Samarcande，又译撒马尔干）在今天的乌兹别克斯坦，是中亚最古老的城市之一，丝绸之路上重要的枢纽城市，为古代帖木儿帝国的首都。
② 乌兰巴托（Oulan-Bator），蒙古国的首都。
③ 原文为"Balbec"，大概指巴勒贝克（Baalbek），位于黎巴嫩中部的一处名胜古迹，建在前黎巴嫩山西麓，以罗马时期古迹著称，如朱庇特庙、酒神庙与维纳斯庙等。
④ 拉斯维加斯（Las Vegas），美国最著名的赌城，内华达州的最大城市。

"那你最喜欢的动物名呢?"

"猎隼,那是我的图腾动物。你呢?"

"贝加尔湖,我的圣地。"

我们四人回到吉普车里,整整两天时间,我们又一路穿过了我们几天前来时路过的缓坡,"在全新世的冲积斜坡上",我在楠泰尔巴黎第十大学的地理地貌学教授一定会这样说。冷空气在噼啪作响。被我们的汽车掀起的一团团尘埃就是一种冰碛,被冰川磨得很细,得到了几百万年时间的沉淀。在地理学中,是没有人做清扫工作的。

我们呼吸着这些岩渣,天空中弥漫着燧石的味道。玛丽透过一道道雾霭拍摄着太阳,那都是由奔腾而过的兽群掀起的尘埃。雷奥修复着因长久颠簸而受损的仪器设备,他喜欢井然有序的体系。穆尼耶咕哝着种种野兽的名字。

通往杂多的道路如同一条废墟带,我们只得减慢速度,稳步前行。路面上,一层增高的花岗岩碎石柔柔地保护着高原。小路一路升高,伸向两个肮脏的晶冰区之间一片隆起的高地:我们互相庆贺终于经过了一个山口。接下来则是好几个小时的蜿蜒之路。大地散发出一种冷水的气味。无雪的地带,尘土一片洁白。我为什么会养成一种跟这样的风景友好相处的感情呢?这些被剥夺了差异的彼此相像的地貌,这些刀劈斧斫般的起伏,这些残酷的气候。我出生在巴黎盆地,我的父母培养我习惯了图凯①的气候。在庇卡底地区，一片灰色的天空下，我寻访了我父亲出生的村庄。人们教导我要爱库尔贝②，要爱蒂耶拉什③还有诺曼底地区的柔美。我从本性上更接近于布瓦尔以及佩库歇④，而不是成吉思汗，然而，在这些缓坡上，我感觉十分自在，恰如在我自己家中。在我经常小住的茫茫中亚大草原——俄罗斯的突厥斯坦⑤、阿富汗的帕米尔高原、蒙古高原和中国的西藏——我总能感觉自己在时不时地推开自家的门。只要一起风，我就重又感到了故乡的空气。对此，我有两个解释：要么，我前世就是蒙古族的一个马夫，而这一灵魂超生的假设，从我已故母

---

① 图凯（Touquet）是法国加来海峡省的一个市镇。它是距离巴黎较近的海滨城市，自1912年起被开发成为重要的旅游度假区。
② 库尔贝（Courbet，1819—1877），法国著名画家，主张艺术应以现实为依据，是现实主义画派的创始人。在发现生活中平凡的美和朴实的外光技巧方面，他给予此后的青年画家们以重要影响。
③ 蒂耶拉什（Thiérache）是一个位于法国和比利时交界处的地区，有着相似的景观和建筑特色：树篱田、草地、丘陵地带、分散式聚落、砖石砌成的有石板屋顶的传统房屋。
④ 布瓦尔（Bouvard）和佩库歇（Pécuchet）是19世纪法国小说家居斯塔夫·福楼拜未完成的长篇小说《布瓦尔和佩库歇》中主人公，这两位抄写员，因生活无忧，便放弃职业，一起到乡间购置了别墅和地产，并开始一门接一门地研究学问：研究新式农业技术，探索医学生物，考察历史与古文物，批评文学与戏剧，思索宗教哲学，还一度想投身于教育事业……但终究一事无成，半途而废。
⑤ 所谓俄罗斯的突厥斯坦（Turkestan russe），是西方人的一个历史称谓，指俄罗斯帝国在19世纪中期征服中亚希瓦汗国、布哈拉汗国、浩罕汗国后建立的总督区。其管辖范围覆盖了哈萨克斯坦草原以南的绿洲地区，首府为塔什干。

亲的那一双杏仁眼得到了证实；要么，这一地理上的扁平状态反映了我的心灵状态。由于我神经衰弱，我很需要大草原。也许，这里头有着一种地理心理学的理论需要建立。人总是会把他们的地理趣味体现在他们的情绪上。轻松的头脑会喜欢盛开着花儿的草地，爱冒险的心灵则会喜欢大理石的悬崖，忧郁的灵魂会喜欢自然保护公园中的灌木林，而厚实的胸怀则会喜爱花岗岩的地块。

就在我们回到从格尔木至拉萨的柏油路干道之前，一匹狼出现了。它沿山坡走着，脖子伸得很长。它转过头来，却丝毫没有放慢脚步，确信我们并没有什么针对它的行为，便九十度转道离开了。它朝正北方横切过公路，走向了山梁的分支。与此同时，一百来头野驴飞奔着窜了出来。这是巨大舞台上展开的一场悠扬的芭蕾舞。每个舞者的动作都遵循了一种舞谱的轴心：狼在疾行，野驴在奔跑，而离它们五十米的地方，则有一队藏羚羊，以及一群原羚属（procapra）的瞪羚，它们正一动不动地待定在拂子茅丛中。每个兽群彼此很接近，但没有一个会跟别的混到一起，野驴飞奔而过，却没有影响到其他动物。在野兽的世界中，它们比邻而行，它们互相忍受，但它们不成为同伴。请不要把一切都混杂起来：物以群分，这便是好结果。

狼跟在兽群的后面，然后就走开了，走在遥远的平坡上。狼可以一口气跑上八十公里。这匹狼似乎知道自己要去哪里。野驴们早已盯住了它。有几头驴还时不时地转动脖子监视它。似乎没有谁惊慌失措。在听天由命的世界中，猎物和猛兽彼此相遇，彼此认识。食草动物知道，它们中的一个终有一天会从那里经过，而这就是在阳光下吃草的代价。穆尼耶给了我一个不那么含糊的解释：

"狼喜欢成群结队地捕猎，以一种攻击并耗尽猎物能量的策略。但是，一匹独狼面对着一群动物却并不能造成太大的伤害。"

我们靠近了澜沧江的上游。在这个海拔高度，澜沧江只是一条弯弯曲曲的细流。一天早上，就在跟勃朗峰那么高的一个黄色山谷中，在一座挂满了风马旗的农庄附近，我们在山坡上撞上了三匹狼，三个刚刚实施了一番抢劫的坏蛋。它们正要爬上山脊，最后一个的嘴里还叼着一块肉。狗群死命地吠叫，却不敢朝它们冲上去。那些狗，就像人那样：嘴上怒火冲天，肚子里却怕得要死。

农庄的主人们站在自家门口，瞧着这一场景，挥舞着手臂，似乎在说："该怎么办才好呢？谁是有罪的呢？"那三匹狼趾高气扬，大摇大摆地一路走过，就像太阳一样，根本不受惩罚，也无可辩驳。它们守候在山脊上，最年幼的那匹狼匆匆吞下那块肉，而两匹成年狼则在一旁站岗，前

只有野兽

腿伸得直直的，肋骨突出。我们用衣领遮住脸，向它们那边走去。等我们攀爬到山坡的高处时，它们就一转身跑了个无影无踪。一只鸦在空中拍打着翅膀，一只狐狸尖叫着，一群瞪羚从山坡上呼啸奔过。而狼，则没有留下丝毫踪迹。

"它们撤退了，但它们就在不远的地方。"穆尼耶的嘴里迸出来这么一句。

这对荒野的大自然是一个很好的定义：当你不再看到时仍然存在之物。我们仍然还记得那三个亡命之徒，在黎明时分，在群犬的阵阵吠叫声中，一路小跑，然后消失，去准备下一番掠夺。就在我们突然出现之前的一刻钟，狼群高声歌唱，回应来自北方的一声召唤。

"它们要去加入一大群狼队。它们有它们的会合点，"穆尼耶说，"看到一头独狼会让我不安。"

"为什么？"

"那是野性时代的回声。我出生在人口稠密的法国，在那里，强力在枯竭，空间在萎缩。在法国，一匹狼杀死了一只羊：牧民们就会抗议示威。他们挥舞着标语牌，上面写着：'不要狼！'"

狼啊！你们不要待在法国啦，这个国家对畜群的管理有着太大的兴趣。一个热爱彩服啦啦队姑娘和盛大宴会的民族，是无法忍受一个夜之头领自由休假的。

农庄主们已经回到了各自的农庄中,踢了那些獒狗好几脚。在地球上,瞪羚冲刺,狼溜达,牦牛翻滚,秃鹫沉思,羚羊迈步,鼠兔晒太阳,而狗,则为所有人买单。

## 缓坡中的爱

小路连通了一条支流，它蜿蜒流淌在高约五千米的岩石高原上。一些石灰石的尖棱如同炮台一般，从河谷两旁刺穿而出。一个个洞穴布满了这道极大的防御之墙，在岩壁上描画出黑色的眼泪。

"对雪豹来说，这是一个真正的王国。"穆尼耶说。

他打算把我们的基本营地建在其中的那个所谓的羊圈，还在一百公里之外呢。

一只兔狲，学名为 Otocolobus manul，突然出现在小路上方的一座小山峰上，伸着它那毛茸茸的脑袋，龇着它那针筒一般的犬齿，瞪着它那黄色的眼睛——只要被这恶魔一样的眼睛瞪上一眼，你立即就会对这毛绒玩具般的小动物的温柔驯顺改变想法。这种猫科小动物就生活在所有那些捕食者的威胁之下。它似乎会抱怨进化论，责怪那该死的原则竟然在它如此迷人的躯体里灌注了如此大剂量的侵略性。"别想尝试爱抚我，不然，我就扑向你的喉咙。"它的鬼脸似乎在这么说。在它的头顶上方,一只岩羊正纹丝不动地挺立在一道山脊线上,它那庞大的角仿佛镶嵌在了山峦之间。如此,野兽们监视着世界,就像教堂钟楼檐槽喷口上的一个个动物雕像监控着城市一样。我们从它们的脚下经过,却全然不知不觉。整整一天,都是同样的体操动作。当我们看到一个动物时,我们会从汽车上跳下来,我们会爬上坡去,我们会一把抓起照相机。而当我们一旦就位,所有的鸟兽也就一哄而散了。

我不敢把我的结论展示给雷奥,但那是显而易见的:穆尼耶和玛丽彼此相爱。在寂静中,毫不激奋。他,高大矫健,雕塑一般,拥有阅读世界的那一把把钥匙,并尊重这个不屈不挠、沉默寡言的姑娘的秘密。而她,则弹性十足,缄默无语,赞赏着这个知晓种种秘密却并没有察觉到她内心秘密的男人。这是两个年轻的希腊神,化身在美丽的高级动物身上。我很高兴看到他们在一起,即使是在零下20摄氏度的低温中,他们照样还是卧躺在满是荆棘的灌木丛中。

"彼此相爱,就是一动不动地待在一起,一连好几个钟头。"我说。

"我们就是为潜伏而生的。"玛丽证实道。

那天早上,她拍摄了兔狲,而穆尼耶则扫视了一番蜿蜒起伏的山冈,以便确定究竟是一只什么样的小小土拨鼠将死于竞技场。

缓坡中的爱

由此看来，穆尼耶虽然十分厌恶人类对自然的冒犯，对其同类还是抱有某种情感的。他把他的感情奉献给了一些具体的、确切可辨的对象。我十分钦佩这种很有针对性的爱的实施。这是一种正直的实施。

穆尼耶虽然非常仁慈，但并不自称人道主义者。他更喜欢他那副望远镜中的野兽，而不是他那面镜子中的人，他并不把人类放置在生命之物金字塔的顶端。他知道，我们人类这一物种，新近才来到地球家园，却声称是大地上的摄政者，并通过彻底罢免所有非我族类，来确保自己的荣耀。

我的同伴没有把爱奉献给人的抽象概念，而是给了一些真实存在的新成员：在此，就是那些野兽和玛丽。肌体，骨头，毛发，皮肤：在感情之前，他需要某种触手可及的东西。

# 森林中的爱

我也曾爱过一个人。爱也曾起到了它的作用：其余的一切均已消失。那是个温热的白皮肤姑娘，住在朗德①的森林中。晚上，我们常常在小径上散步。一百五十年前种下的松树在沼泽地里完成了它们的殖民使命，在沙丘后面显现出一派繁荣昌盛，散发出一种苦涩而又温暖的芬芳：这是世界的一滴汗水。林中小路是一条条富有弹性的带子，在那上面，人们能够柔和地走向前。"必须沿着苏人②的脚步生活。"她说。我们时常会撞见野兽，一只鸟，一只狍子。一条蛇逃跑了。古代的人——大理石的肌肉，白色的眼睛——在这些动物的突然出现中看到了一个神的显身。

"他受伤了，无法逃走了，他死死地瞄定了她，他快要

---

① 朗德（Landes）是法国的一个省，朗德森林是法国西部面积最大的森林。
② 苏人（Sioux）是北美印第安人的一个民族。广义的苏人可以指其语言属于印第安语群苏语族的任何人。

死了。"① 整整好几个月期间，我都一直听到这一类话语。那天晚上，一只游荡的蜘蛛——"一只黑腹狼蛛"，她说——把一个鞘翅目的甲虫从一棵蕨类植物的茎干后撵了出来。"她会把致命的毒剂注射到他身上，她会吞掉他。"她跟穆尼耶一样，很熟悉这一类事情。谁给她灌输了这些直觉？这是一种古代人的知识。大自然的智慧让某些生灵不必完成什么学业就能掌握丰富的知识。那是一些通灵者，他们参透了万物布局的谜团，而学究们则只能研究这庞大建筑中的一个单间。

她在灌木丛里阅读。她懂得鸟类与昆虫。当拂子茅展开时，她会说："这是花对太阳神的祈祷。"她解救被围困在槽沟中的蚂蚁，被缠在荆棘丛中的蜗牛，翅膀受伤的小鸟。在一只甲虫面前，她说："这一枚徽章，它值得我们的尊敬，它被镶嵌在游戏中。"有一天，在巴黎，在圣塞弗兰教堂门前的广场上，一只麻雀居然落在了她的头上，我不禁问自己，我是不是配得上一个被鸟儿选中栖身其上的女人。她是女祭司，我跟随她。

我们生活在傍晚的森林中。她的养马场占据了朗德省的十公顷土地，就在一条小路的西侧，而道上的车辙在她看来

---

① 这里引号中的"他"指甲虫，"她"指蜘蛛。下文紧接的引号中的"他"和"她"也是一样。

就是一种隐居生活的最佳保障。她在森林的边缘安置了一栋松木小屋。一长条沼泽地构成为这片地产的轴线。绿头鸭在那里栖息，马在那里饮水。周围，一地的青草从野兽随意践踏的沙地上长出。木屋中，舒适的生活条件应有尽有：一个炉子，各种书籍，一把雷明顿700步枪，一整套煮咖啡的器具，一顶喝咖啡时用来挡雨遮阳的篷伞，一整套散发着树枝汁液味的马具。一条红腿狗看护着这一王国，它训练有素，身子弓得像一枚贝雷塔92手枪的撞针，并愿意听从对它表现得彬彬有礼的人。而对那贸然出现的讨厌者，它会猛扑上去咬他们的喉咙。我当然幸免于难。

有时，我们会坐在沙丘上。大海在愤怒地荡漾，海浪一阵阵地轰然倒塌，永不疲倦。"海洋和陆地之间一定有一场古老的争执。"我说过这样的话，但她根本不拿耳朵来听。

我把鼻子贴在她那闻起来有黄杨木味道的头发上，任由她阐发她的理论。人类在几百万年前出现在地球上。而一旦餐桌搭好后，人类便不请自来，森林敞开，野兽四处流浪。新石器时代的革命，如同任何的革命一样，吹响了恐怖的号角。人类自称为所有生物的政治局头头，被推上了进化的最高层，并想象了众多的学说，用来证实其统治的合法性。所有这些学说都在捍卫着同一项事业：人类自己。"人是造物主的宿醉！"我说。她不喜欢这些说法。她指责我放无用的鞭炮。

森林中的爱

她启蒙一般地传授我那种想法，后来，我则在西藏的山丘上把这一想法讲给雷奥听。野兽、植物、单细胞生物和大脑新皮层，都是同一首诗的不同分形。她对我讲了世界的起源：四十五亿年前，有一种原始物质，在水中搅散。整体要在局部之前。从这稀糊糊中，出来了某种东西。一次分离发生了，随后，则是各种形式的一次分岔，是每种形式的一种复杂化。她崇敬每一只野兽，把它看作镜子的一块碎片。她捡取一颗狐狸的牙、一根苍鹭的羽毛、一块乌贼的颌剑，她瞧着她手中的碎片低声喃喃道："我们起源于同一个。"

她跪在沙丘上说："它会找到它的纵队的，它被红景天的汁液吸引住了，其他同伴只是简单地从旁边经过。"

这一次，是一只蚂蚁，它先是拐弯去了一个黄色的花芽，然后才去追赶大部队。她对微小动物的无限柔情究竟是从哪里来的呢？"来自它们把事情做好的意愿，"她说，"来自它们的准确性。而我们人类，则实在是太不认真了。"

夏天，天空明朗。风把涌浪吹得七零八落，一朵云从涡流中生出。空气炎热，大海疯狂，沙土柔和。海滩上，人的躯体躺得横七竖八。法国人越来越胖。电子显示屏的错误？从六十年代起，各种社会就安坐下来了。自从控制论的突变以来，图像就一直在静止的身体面前移动。

一架飞机从空中飞过，上面挂着一条为一个交友网站做的广告横幅。"不妨试想一下,机长驾着飞机从海滩上空飞过,看到他的妻子正躺在一个从网上结识的先生的怀里。"我说。

她凝视着在风中冲浪的海鸥,见它们顶着涌浪,在灿烂的阳光下。

我们沿着柔软的小路回到小木屋。她的头发现在闻起来有蜡烛的气味。对她来说,沙沙作响的树枝是充满意义的。树叶就是字母表。"鸟儿不会为了虚名而啁啾鸣叫,"她说,"它们歌唱着爱国的赞歌或者小夜曲:我在我家,我爱你。"我们来到小木屋,她打开了一瓶融合了卢瓦尔河、沙土和云雾的葡萄酒。我拼死地畅饮,红色的毒液膨胀了我的血管。夜幕降临在我心中。一只仓鸮在叫。"我认识它,就是街区的那一只,黑夜的精灵,枯树的司令官。"这是她的一大痴迷:对生灵进行重新分类,不再按照林奈[①]的注重亲缘关系的结构性分类法,而是按照一种横向的秩序,把动物和植物混杂地组合在一起。由此,有贪食的精灵——由鲨鱼和捕虫的肉食植物来分享这一头衔,有弹性的精灵——跳蛛科的绳虎或者袋鼠的共同特性,长寿的精灵——乌龟与巨杉的特殊徽章,还有善于隐藏的精灵——由变色龙或竹节虫

---

[①] 卡尔·冯·林奈(Carl von Linné,1707—1778),瑞典生物学家,动植物双名命名法的创立者。

森林中的爱　83

来体现。这些生灵只要具有同样的才华就可以，至于它们是否属于同一个生物学门类，那就无关紧要了。因此，她得出结论，一只杜鹃鸟和一条双盘吸虫，出于它们各自把握机会的本领，以及对它们牺牲品的精确认识，彼此之间就更为相像，远远超过跟它们各自同一科的其他成员的类似性。生命世界在她的面前充分展现了战争、爱和运动的战略全景。

她站起来，把马群赶回圈栏中。这会是拉斐尔前派①画家笔下的场景：一个缓慢、坚硬、清晰和精确的女人走在月光下，身后跟着她的那只猫、一只鹅、一群没有上套的马，还有一条狗。就缺星座底下的一只雪豹了。所有这一切活物都溜溜地滑了过去，高高的脑袋，既没有摩擦声，也没有响动，彼此都不碰触，完美地排成一队，完美地冷淡疏远，确信它们的方向。井然有序的一群。牲畜群像弹簧一样开始走动，跟随着女主人最轻微的震颤。她是圣方济各会的一个修女。如果说她相信天主，那她就会加入一个贫穷和死亡的修会，人们会在其中直接向天主祈祷，而不经过神职人员的中介。此外，顺便说一句，她和野兽的交流是一种祈祷。

我失去了她。她不想要我，因为我拒绝把我自己手脚绑住，整个儿地交给对大自然的爱。我们本来会住在一块领地

---

① 拉斐尔前派（préraphaélite）是在1848年英国兴起的美术改革运动中产生的。拉斐尔前派的作品基本上以写实的传统风格为主，画风审慎而细致，用色较清新。

中，在一片幽深的森林中，在一个小棚屋或一片废墟中，沉湎于对野生动物的静观。梦已经消散，我看见她慢悠悠地走了，恰如她曾慢悠悠地到来，在她的动物们的簇拥下走进了夜晚的森林中。我重又走上我的老路，加倍地旅行，从飞机上跳下后就接着上火车，在一个又一个讲座中哇啦哇啦地说个没完（用一种刺耳的嗓音），鼓吹说，人类最好还是停止躁动下去。我行走在大地上，而每当我碰到一只野兽，出现在我眼前的都会是她那消散的面容。我到处跟随她。当初，在摩泽尔河的河畔，当穆尼耶对我说到雪豹时，他并不知道，他实际上是在建议我重又去找到她。

如果我碰上那野兽，我唯一的爱就会出现，活生生地体现为雪豹。我会把我的每一次相遇都献给那关于她的散乱回忆。

# 峡谷中的一只猫

杂多已过,小路在海拔四千六百米的高度上穿越了一道峡谷。我们来到了澜沧江的左岸,巴坡(Bapo)的牧场,离河岸有五百米之远。后来,我们会把这个地方称作"雪豹峡谷"。三间柴泥糊墙的棚屋都很大,像是海滩上的木头屋子,牢牢地把守着在喀斯特洞穴中挖出的一段狭路的入口。白色的山脊线被东一处西一处的葡萄酒色的地衣咬碎,一直升高到五千多米处的顶峰,又伸展开了一层层巨大的斜坡,山坡上有畜群在吃草。细细的水流从岩壁中渗出后便冻结了,描画出三条曲线,并最终投入河流中。我们行走了二十分钟,总算来到了河滩处,一些家养的牦牛每天早上会去那里,梦想着能找到比前一天更肥美的草场。

没有自来水,没有电,没有取暖设备。风吹来,播撒着哞哞的牛叫声。狗群小心翼翼地站岗。小路从山坡底下穿过,与河流平行,有时候能带来一次拜访。牧牛人的吉普车构成一次在现代世界中游历的希望,那便是去一趟朝东五十公里处的杂多。

游牧人的家庭在这里过冬，统领着一个个零下 20 摄氏度的夜晚，还有二百头牦牛，等待着春天的复归，还有寒风的平息。那些悬崖，构成为雪豹的一个天堂。那些洞穴提供了一个个隐蔽处。而牦牛和蓝岩羊则为雪豹提供了食物。而人呢，他们也不要什么小聪明。我们所有四个人，打算在这里住上十天。

三个孩子全都干巴巴的，干得像是马鞭子。神经质的脾气保护他们不受低温的影响。六岁的贡帕，还有他的两个姐姐吉索和迪佳，都有着细长的眼睛、洁白的牙齿，他们一清早就把牲畜赶往牧场，傍晚时再把它们赶回圈栏。一整天里，他们都要顶着劲风奔波在高原上，率领着那些体积比他们要大上六倍的动物。在他们十来岁的小小年纪上，他们至少看到过一次雪豹。在藏语中，雪豹被叫做 Saâ，孩子们很用心地把这个词大声念出来，就像是在发出一声感叹，同时还作出一种鬼脸，并把两根食指放在嘴前，装出獠牙的样子。对这样的孩子，你不能用佩罗①的童话故事来哄着他们入睡。有时，在澜沧江上游的一个山谷里，会有雪豹叼走一个小孩，那父亲这样告诉我们说。

一家之主图格，五十来岁，把最小的那一间棚屋分配给

---

① 夏尔·佩罗（Charles Perrault，1628—1703），法国童话作家。

了我们。构成一种精确的奢华的种种条件全都集中在这里了：门直接开向野兽奔跑的悬崖。狗群早已熟悉了我们，一个炉子把整个房间烧暖。在营地前面，河水每天会流动一个小时，那是在最温暖的太阳下。有时候，孩子们会来看我们。在寒冷、寂静和孤独的时辰中，我们面临的则是不变的景象，石头一样的天空，矿物一般的秩序，零下的气温：一连几天都很稳定。我们知道我们的机会来了。

就这样，我们的时辰在迫不得已的行走与冬眠一般的蛰伏之间维持了平衡。

晚上，我们拜访了住在隔壁棚屋里的那家人。木头房门的后面，洋溢着一种昏暗的温热。母亲啪啪地搅拌着酥油茶，不时打破着寂静。在藏区，家庭起居间就是温热的肚腹，在这里头，一个个下雪的日子得到了补救。一只猫在睡觉，它的血管里隐匿着雪豹的稀薄基因：由于选择了在热乎乎的屋里头打呼噜，它便再也体会不到把一头牦牛咬出血来的那种愉悦。它的远亲，猞猁，则继续生活在室外，更喜欢风暴的摧残，而不是麻木迟钝。一尊镀金的菩萨在油灯的微光下闪闪发光，空气中传播的嗡嗡声让我们感到有些昏沉，唯有忍受面面相觑，说不出一个字来。我们什么也不想要。菩萨赢得了一切：他的虚无主义给人们注入了麻木。父亲拨动着他的念珠。时光流逝。沉默便是我们对他忠诚的标志。

早上，我们走上了去峡谷的路。穆尼耶把我们安置在一长条岩石上，或者一个小山顶上，狭道的上方。有时，我们会分成两组，穆尼耶会把玛丽带到附近的一个隐蔽处。远远地，澜沧江披散着白发。我们等着我们盼望已久的它出现，它就是雪豹，学名叫"once"，它是这峡谷宣誓效忠的女皇，而我们不远万里地前来，就是为一睹它那一次次公开亮相时的风采。

# 艺术与野兽

世界上还有五千只雪豹。据统计，穿豹皮大衣的人数要多于雪豹本身。雪豹藏身在高原的中央地块，从帕米尔到藏区东部，从阿尔泰山到喜马拉雅山。它的分布区域与亚细亚高原的历史冒险的地图相吻合。蒙古帝国的扩张，恩琴-施登伯格男爵①的狂妄突袭，聂斯脱里派僧侣②穿越西域的行动，苏联在联盟外围地带的努力，伯希和③在西域的考古活动：这些运动都在雪豹生活的版图之内。人们在那里表现得就像是值得称颂的土生土长的野兽。而穆尼耶，他已经在该地区的东部边缘巡逻了四年。想要在一个面积相当于欧亚大

---

① 恩琴-施登伯格男爵（Ungern-Sternberg，1886—1921），波罗的海沿岸地区的德意志人，出生于奥地利的格拉茨，信仰藏传佛教。俄国内战期间为白军将领，被称为"血腥男爵"。他一度还是外蒙古的统治者（1921年）。
② 聂斯脱里（Nestorius，386—451）本为基督教徒，在担任君士坦丁堡大主教任内，反对亚流派在基督论上的见解，认为耶稣的神性与人性分开，曾被认定为异端。聂斯脱里派是传入中国的最早一支基督教派，汉译名称为"景教"。
③ 保尔·佩里奥（Paul Pelliot，1878—1945），汉名伯希和，法国语言学家、考古学家、汉学家和西藏学家，是敦煌手稿文物的研究者。

陆四分之一的空间里发现雪豹的踪迹，机会十分渺茫。为什么我的同伴不去专攻人像摄影呢？那可是有未来前景的一个好职业啊。十四亿中国人相比于五千只雪豹：这个小伙子的确是在自寻麻烦。

秃鹫轮番上阵，安魂曲的哨兵。山脊线最早迎来曙光。一只鹰隼为山谷洒水祝福。猛禽轮流放哨，深深地吸引了我。它们监视着，确保一切在地球上顺顺当当：就是说，让死神带走它的那一份礼品，并做好食物供应。在下方，在狭道两旁的陡坡上，牦牛吃着草。雷奥躺在草丛中，埋伏于宁静与寒冷之中，用望远镜扫视着每一块山岩。我则没有那么细心。忍耐自有它的限度，而我的限度停在了山谷里。我为每一种动物都划分了在其王国各社会等级上的一席之地。雪豹自然是这一王国的摄政王，它那难寻的隐迹也证实了这一身份。它统治，因此，并不需要抛头露面。狼作为叛逆的藩王而缺席在外，牦牛扮演了肥胖的市民阶层，穿得暖暖和和，猞猁成了火枪手，狐狸当上了外省的小乡绅，而蓝岩羊和野驴则是人民的化身。猛禽，它们则象征着神甫，是天空和死亡的主人，模棱两可。这些身披羽毛的神职人员并不反对让某些事情进行得对我们不利。

峡谷蜿蜒在从洞穴中穿刺而出的一座座炮塔之间，在一个个充斥阴影的拱门之间。阳光下，景色一片银白。没有一棵树，没有一片草场。要找到柔和，始终就必须降低海拔高度。

艺术与野兽　　91

山脊从来就阻挡不住风。强烈的劲风任意捏造出云彩的形状,生出了一片乳白色的光明。这是巴伐利亚的路德维希二世①的一幅背景画,由一位喜爱鬼魂的中国版画家画出。蓝岩羊和金狐狸从山坡上一滑而过,穿透了薄雾,最终完成了构图。这样的油画,创作于数百万年前,是地质构造学、生物学以及种种破坏共同造成的结果。

风景是我的艺术学校。要欣赏形态的美,就必须对眼睛进行一种教育。地理研究给了我一把钥匙,得以了解冲积河谷和冰槽是如何产生的。卢浮宫学校启迪了我对弗拉芒的巴洛克艺术与意大利的矫饰主义艺术之间细微区别的认识。我并不觉得人类的生产超过了重峦叠嶂的完美,也不认为佛罗伦萨的圣母像超过了岩羊的优雅。对我来说,穆尼耶更是一位艺术家,而不是摄影师。

至于豹和猛兽,我只了解它们在艺术家作品中的再现。哦,绘画,哦,展览季!在罗马时代,这野兽游荡在帝国的南部边界,体现为一种东方精神。埃及艳后克莱奥帕特拉和豹分享了边界女王的头衔。在瓦卢比利斯②,在巴尔

---

① 巴伐利亚的路德维希二世(Louis II de Bavière,1229—1294),是维特尔斯巴赫王朝的巴伐利亚国王。在巴伐利亚的历史中,他一直被认为是最狂热的城堡修建者,特别由于他对新天鹅堡的修建,在民间被称为"童话国王"。
② 瓦卢比利斯(Volubilis),摩洛哥的一座古城,出土有罗马时代的古城建筑。

米拉①，在亚历山大城，马赛克画的艺匠们在厅堂的花圃地上刻画出一个动物王国，在那上面，豹跟大象、狗熊、狮子、马一起跳着神秘的圆舞。斑驳绚烂的绘画动机——"花花绿绿的衣袍"，老普林尼②在公元一世纪时这样说——是权力和肉欲的一枚徽章。普林尼相信，"这些动物非常热衷于爱"③。一只豹经过了。那个罗马人已经在地毯上看见了跟一个女奴隶一起翻滚的景象。

一千八百年之后，这些猫科猛兽刺激了浪漫的画家们。在1830年的绘画沙龙中，复辟王朝时期的观众将发现那样的一种野性。德拉克洛瓦④画了阿特拉斯山脉的野兽咬破了马的脖子，掏出了马的内脏。他描绘出了愤怒的景象，强劲的肌肉和热血之气，那里飞扬着尘埃，尽管物体十分厚重。浪漫主义给了经典的衡量标准狠狠的一巴掌。然而，德拉克洛瓦成功地画出了一只安息的老虎，它的力量正在涣散，直到它最终被杀死。绘画充分展示了一种残忍，它彻底改变了

---

① 巴尔米拉（Palmyre），叙利亚中部一座重要的古城，也是古代重要的文化中心之一。
② 盖乌斯·普林尼·塞孔都斯（Gaius Plinius Secundus，23—79），又称老普林尼（Pline l'Ancien），古罗马百科全书式的作家，尤以其所著《自然史》一书著称。下文中这段引语即出于他的《自然史》。
③ Pline l'Ancien, *Histoire naturelle*, Livre huit. ——原注
④ 德拉克洛瓦（Euaene Delacroix，1798—1863），法国画家，他经常描绘动物，其中不乏出神入化的老虎与马。

艺术与野兽

往昔的圣母。

让-巴蒂斯特·科罗①曾构思了一只比例很奇特的豹子，驮着婴儿时期的酒神巴克斯，正走向一个女子。这幅颇有些畸形的画揭示了一种男性的恐惧。人惧怕模棱两可的东西，根本不会喜欢一个满嘴发出咕噜咕噜声的野兽跟一个婴儿以及一个胖胖的女祭司一起玩耍。因为女人是很危险的。人们再怎么提防都不为过。透过豹子，艺术家看到的是一个致命的仙女，穿高筒靴的圣母，残忍的维纳斯！众所周知，那些食肉动物想做的就是把人一口吞吃，必须十分警惕它们的外表美。大仲马笔下的米莱迪②就是这样一类女人。有一天，她受到小叔子的侮辱，便"发出一记低沉的咆哮，一直后退到房间的墙角，像是一只陷入绝境的豹子，随时准备向前扑去"③。

美露莘的神话④常常会启迪世纪末现象。比利时人费

---

① 让-巴蒂斯特·科罗（Jean-Baptiste Corot，1796—1875），法国画家，画作主要体现法国的自然风景。
② 米莱迪（Milady）是大仲马（Alexandre Dumas）小说《三个火枪手》（*Les Trois Mousquetaires*）中人物，头号反派女角，是独揽国家大权的红衣主教黎世留的爪牙，年轻美貌、心狠手辣，为达目的不择手段。她是阿多斯的前妻，葬送了阿多斯的爱情和家世。
③ Alexandre Dumas, *Les Trois Mousquetaires*. ——原注
  引自大仲马的小说《三个火枪手》。
④ 美露莘（mélusine），是欧洲神话中的女妖精，上半身像人类，下半身呈鱼尾或蛇尾形状，有时还被形容为长了翅膀，常出没在水边或水里。

尔南·诺普夫①——半超现实主义，半象征主义——在他1896年创作的一幅叫做《抚摩》的绘画中，就再现了一只长了女人脑袋的豹子，正在跟一个脸色苍白的情人亲热。我们实在不敢想象那个小伙子的命运。

拉斐尔前派的艺术家把野兽召唤到他们流淌着颜料的画笔底下。赤裸的公主或精疲力竭的半神，行走在糖粉一般的光线中，身边跟着豹子，它们成了穿着斑驳皮毛的模特儿。这些画家颂扬着唯一的主题之美。埃德蒙·杜拉克②或者布里顿·里维埃③把动物变成了一块床前的小地毯，以便为超时尚的睡梦来上一个过渡的浅滩。

然后，这一野兽的力量迷住了新艺术的大师们。完美的豹很符合肌肉与钢铁的美学。茹夫④把它拉得像一张弓那么紧。豹变成一种武器。更有甚之！豹成了保尔·莫朗⑤的一辆宾利汽车。它体现为完美的运动，毫无怜悯，也没有摩擦。它跟美洲虎正相反，它不会碰撞到树上。全靠伦勃

---

① 费尔南·诺普夫（Fernand Khnopff，1858—1921），比利时象征主义画家。
② 埃德蒙·杜拉克（Edmund Dulac，1882—1953），法国杂志与书籍的插图画家、邮票设计师。
③ 布里顿·里维埃（Briton Riviere，1840—1920），英国画家，毕生致力于动物画。
④ 保尔·茹夫（Paul Jouve，1878—1973），法国画家和雕塑家。他以非洲动物的绘画和雕塑而闻名。
⑤ 保尔·莫朗（Paul Morand，1888—1976），法国作家。

艺术与野兽　95

朗·布加迪①以及莫里斯·普罗斯特②的拱形雕塑,这一猫科猛兽走出了进化论的实验室,有资格蜷缩在一个浅褐色头发的姑娘的脚下,那个一九三〇年的时尚女郎,挺着高耸的小小胸脯,手上端了一杯香槟。

一百年后,"非洲豹"的图案显现在手提包上,还有帕拉瓦莱弗洛③的壁纸上。每一个时代都有它的优雅,每一个年代都尽它所能。而我们的年代,穿着内裤晒太阳。

穆尼耶对这野兽在艺术中的流入并非漠不关心。他本人一直为那些猛兽的生态敲打着求救信号。一些思想单调的人指责我们的这个朋友一味地向纯洁的美致敬,而且只向这一种美。在一个充满焦虑与道德感的时代,这会被看作一种罪恶。"那么,教训何在?"人们对他这样说,"还有冰川的融化呢?"在穆尼耶的书中,狼群漂浮在北极的空无中,丹顶鹤在舞蹈中缠绵,还有一些轻盈如絮团的熊消失在雾气的后面。没有一只乌龟因塑料袋而窒息,有的只是显现在美之中的野生动物。只差那么一点点,人们几乎就相信自己已置身于伊甸园中。"人们抱怨我美化了动物世界,"他为自己辩护道,"但是,我们有足够的证人目击了

---

① 伦勃朗·布加迪(Rembrandt Bugatti,1884—1916)意大利雕塑家,以其野生动物的青铜雕塑而闻名。
② 莫里斯·普罗斯特(Maurice Prost,1894—1967),法国雕塑家。
③ 帕拉瓦莱弗洛(Palavas-les-Flots),是法国的一处地中海海滩旅游观光胜地。

灾难！我追踪的是美，我要去拜会它。这就是我为它辩护的方式。"

每天早上，在山谷里，我们都等待着美从缥缈仙境中走下。

# 第一次显身

我们知道它在溜达。有时候，我能看到它：那只是一块岩石，那只是一朵云彩。我就生活在对它的等待中。一九七三年，在尼泊尔逗留期间，彼得·马西森始终没有看到雪豹。当有人问他是否遇见过雪豹时，他这样回答说："没有！这不是很美妙吗？"① 哦不，我亲爱的彼得②！这可并不太"美妙"。我一点儿都不能理解人们还能祝贺如此令人沮丧的事。这是一种精神上的敷衍，答非所问。我很渴望看到雪豹，我就是为它而来的。因为，它的出现将会是我献给那个已跟我分离的女人的一份厚礼。而即使我的礼貌，也就是说，我的虚伪，会让穆尼耶相信，我跟随他仅仅只是为了欣赏他的摄影工作，我也十分渴望见到一只雪豹。我有我的理由，私密的理由。

三个朋友毫不松懈地用望远镜扫视着现场。穆尼耶可

---

① Peter Matthiessen, *Le léopard des neiges*. ——原注
② 原文为英语 "*my dear Peter*"。

以待上整整一天，在那里仔细察看岩壁，一厘米接着一厘米。"我只要在一块岩石上发现一点点尿迹就可以了。"他说。来到峡谷后的第二个晚上，正当我们朝着藏人的棚屋返回时，我们跟它遇上了。当时，天空依然发着一丝微光。穆尼耶发现了它，离我们一百五十米，正南方。他把手中的望远镜递给我，指给我确切的瞄准方向，但我花了很长时间才探测到它，就是说，才明白过来我瞧着的是什么。不过，这野兽是一种简单的、活生生的、庞大的动物，但它的形状于我很是陌生。然而，我的意识还是费了一点点时间接受了它本不认识的东西。眼睛已经迎面捕获了它的形象，而头脑却仍在拒绝认可它。

它安息着，躺在一片凸起的黑糊糊的岩石的脚下，就藏在灌木丛里。小溪就在一百米以下的峡谷中蜿蜒流淌。若是再走开一步，那我们就见不到它了。这是一种宗教意义上的显身。时至今日，对这一景象的记忆在我心中依然还披着一件神圣的外衣呢。

它抬起了脑袋，嗅闻着空气。它佩戴着西藏风景的纹章。它的毛皮，镶嵌有黄金与青铜的斑点，属于白天、黑夜、天空和大地。它获得了山脊，粒雪与晶冰，峡谷的阴影与天空的水晶，山坡的秋色和永恒的积雪，斜坡的荆棘和灌木丛中的艾蒿，风暴的秘密和银色的云彩，草原的黄金和冰川的素裹，盘羊的垂死和岩羚羊的鲜血。它活在世界的绒毛底下。它穿着表演服。雪豹，雪的精灵，跟大地一起披挂，一色装扮。

我原本还以为它伪装在了景色中，而实际上，当它出现时，被抹去的却是景色。出于一种摄影机变焦镜头特有的视觉放大效果，每次我的目光落在它身上，背景就会悄然向后退去，然后，又会整个地被吸收进它正面的线条中。它就诞生于这一感光的底层，它变成了大山，它从大山中出来。它就在那里，而整个世界都取消了。它体现了希腊语的"Physis"，拉丁语中叫"natura"[1]，而海德格尔给了它这样一个宗教定义："从自身中生出，并显现为如此"[2]。

总之，一只浑身花斑的大猫从虚无中突显出来，占据了它的风景。

我们一直待到了夜里。雪豹昏昏欲睡，毫不面临任何威胁。而其他动物则显现为时时受到威胁的可怜虫。马的第一个反应就是尥蹶子，猫一有风吹草动就会逃之夭夭，狗闻到陌生的气味就跳将起来，昆虫会逃往隐蔽地，食草动物会疑心自己身后的动响，而人自己，走进一间房子后，从来就不会忘记瞧一瞧四下的角落。偏执狂是一种生命境况。但是，

---

[1] 两者的意思都是"自然本性"。它们都具有"本源""存在"和"性质"等基本含义；但二者的词根之间和词缀之间的差异使得 physis 的词义比 natura 更具能动性，并且 physis 更倾向于意指"创造"等动作的目的，而 natura 更倾向于意指这些动作的结果。

[2] Martin Heidegger, *Remarques sur Art-Sculpture-Espace.* ——原注

雪豹确信它绝对的专制。它安息着，绝对放松，因为，谁都无法碰它一下。

在我的双筒望远镜中，我看到它拉长了身子。然后，它又躺下。它主宰着自己的生活。它就是这地方的方程式。光是它的在场就意味着它的"权力"。世界构成它的王座，它充满了它所在的空间。它体现为"国王的身体"这一神秘的概念①。一个真正的君主满足于如此存在。他无须作为，也没有必要抛头露面。他的存在就奠定了他权威的基础。而一个民主国家的总统，他，则应该不断地展示自己，好一个圆形广场上的主持人。

五十米开外，牦牛在吃草，不知畏惧。它们很幸福，因为它们并不知道捕食它们的猎手就潜伏在岩石中。没有任何猎物能从心理上容忍它已大难临头的想法。如果危险不在考虑之列的话，生活还是相当过得去的。生物天生就戴有自己的眼罩。

穆尼耶把他那架最好的望远镜递给了我。我仔细扫视着那只野兽，直到我的眼睛在寒冷中感觉到干涩。它脸上的纹路一条条地向着口鼻处汇聚，构成某种力线。它转过脑袋来，正面朝向我们。它的眼睛盯住了我。那是两颗透出轻

---

① 这里，影射了德国作家恩斯特·康托洛维茨（Ernst Kantorowicz）1957年的历史著作《国王的两个身体》。

蔑的水晶，滚烫而又冰冷。它站了起来，把脖子伸向我们。"它发现我们了，"我想，"它将做什么呢？一跃而起吗？"

它打了个哈欠。

这就是人类对西藏雪豹产生的影响。

它把背转向我们，拉长了身子，消失了。

我把大望远镜还给了穆尼耶。这是我死后生命中最美好的一天。

"这个山谷跟我们看到雪豹之前的已经不一样了。"穆尼耶说。

他也是一个王权主义者，相信一些地方会因为神圣生命的逗留而成为圣地。我们在夜色中下了山。我早就期待着这一幻象，我终于接受了它。从此后，都再也没有什么能跟这个因雪豹的在场而变得神圣的地方媲美。也再没有什么能抵得上我内心深处的这一震撼。

# 躺在时空之中

从此,每天早晨,我们都要去那片高地,其实,它离我们所住的藏民棚屋也只有六公里远。我们一旦知道了那雪豹就在它的地盘中,就能够再次发现它。我们一整天都在山脊上转悠,付出跟狩猎的猎人一样的努力。我们行走,寻找蛛丝马迹,我们埋伏。有时,我们会分成两组,通过无线电通讯来交流搜寻的结果。我们追踪最细弱的运动。鸟儿的一次展翅就足矣。

"去年,"穆尼耶讲述道,"我就曾苦苦地寻找着雪豹。有一次,我正在准备撤离我的岗哨,突然,有一只乌鸦在山脊上发出了警报。我便留下来继续观察,这时,雪豹猛地出现了。是乌鸦为我指明了这一点。"

"究竟是出于何等奇特的心灵运动,人们才会朝这样一颗脑袋开上一枪?"玛丽说。

"'对自然的爱'便是猎人们的论点。"穆尼耶说。

"我们应该让猎人们进入博物馆吗?"我说,"出于对艺术的爱,他们会撕破委拉斯开兹①的画。但是,奇怪的是,出于对自己的爱,他们很少有人会往自己的嘴里开上一枪。"

那些日子里的唯一一个白天,我们积累起好几百个幻象,在玛丽的镜头中,在穆尼耶的底片中,在我们自身的目光中,在我们独有的记忆中,在我们的创建中。也许是为了拯救我们?第一个看到它的人对其他人说,那是一头野兽。我们一发现它,一种平静的感觉就在心底升起,一种震颤让我们激动万分。兴奋和饱满,互相矛盾的情感。遇见一只动物是一种青春的洋溢。眼睛捕捉住一丝闪光。这野兽是一把钥匙,它打开一道门。门后,无法言传。

这些瞭望的时辰与我的旅行者节奏恰恰相反。在巴黎,我采集种种混乱的激情。"我们忙乱的生活",一个诗人曾这样说过②。这里,在大峡谷中,我们扫视着丰富的自然景象,却并不保障丰收。人们期待着一个影子,静静地,面对着空无。这正好是一种广告承诺的反面:我们忍受着寒冷,却无法保证会有一个结果。针对现代癫痫的"一切,立刻",潜伏提出了完全作对的"兴许,什么都不,永远都不"。用整

---

① 委拉斯开兹(Vélasquez,1599—1660),文艺复兴后期的西班牙画家,对后来的西方绘画影响很大。
② 这位诗人是法国作家夏尔·丹齐格(Charles Dantzig,1961— ),他有一部小说,书名就是《我们忙乱的生活》(Nos vies hâtives,2003)。

整一天时间去等待不可能之事，真是一种奢侈！

　　我对自己发誓说，回到法国之后，会继续练习埋伏观察。根本就不需要身处喜马拉雅山海拔五千米的高原上。这种到处都能实践的训练的伟大之处在于，它总能提供人们向它要求的东西。在自家卧室的窗口，在一家餐馆的露天座上，在一座森林中，或者在河岸、湖畔，无论是与人为伴，还是独坐长凳，只要睁大眼睛，等待着什么东西来临，那便足矣。如果你从来就没有潜伏过，你是不会注意到这一点的。如果什么事都没有发生，流逝的时间的质量会因你加在其上的注意力而得到增加。潜伏是一种行动方式。必须让它成为一种生活的风格。

　　善于消失算得上是一门艺术。穆尼耶为此训练了三十年，把自我的取消跟对其他的遗忘混杂在了一起。他要求时间为他带来移动向旅行者提供的东西：一种存在的理由。

　　我们保持监视状态，空间便不再行进。时间则通过斑斑点点强调了它的细微差别。一头野兽来了。这就是显身。心存希望还是有用的。

　　我的这位同伴曾经等待过种种动物的来到，拉普兰[①]的

---

[①] 拉普兰（Laponie）指北欧原住民萨米人传统居住的文化区。位于斯堪的纳维亚半岛近北极圈的地区。

麝香牛、北极的狼、埃尔斯米尔岛的熊,还有被称为日本鹤的丹顶鹤。他曾在冰雪中冻掉过脚趾,只因夜以继日地潜伏,忠实于狙击手的指令:蔑视痛苦,无视时间,不向疲劳屈服,绝不怀疑结果,在获得渴望获得的东西之前决不撤离。

在卡累利阿①的森林中,芬兰军队的优秀狙击手们曾在1939年到1940年的战争中抵抗过苏联军队,终因寡不敌众而失败。他们在战争中运用了寒冷森林里的狩猎战术。他们中有一小部分人已经跟泰加森林②融为一体。他们在零下30摄氏度的低温下伏击苏军,食指就那么搭在一种叫M.28的精准步枪的扳机上。他们咀嚼雪团,以免嘴里呼出白色的热气。他们会不时地移动,埋伏,再移动,再埋伏,直到把一颗子弹打进一个俄罗斯坦克手的脑袋,然后,再消失,再开火,他们机动灵活,神出鬼没,来无影去无踪,因而十分具有危险性。他们把森林变成了一座地狱。

他们中最著名的一个,席摩·海赫③,是一个身高只有一米五左右的小个子士兵,他在寒冷的森林中先后打死过五百多个苏联军人。他们送给他一个"白色死神"的外号。

---

① 卡累利阿(Carélie)一般指卡累利阿共和国,是俄罗斯联邦的一个自治共和国,它在北欧,是有芬兰、俄国和瑞典人居住的一个区域,也一直是芬兰与俄罗斯争夺的焦点。
② 泰加森林(la taïga)是亚寒带针叶林的一种。
③ 席摩·海赫(Simo Häyhä,1905—2002),芬兰陆军著名狙击手。

有一天，他被苏军的一个狙击手盯上。俄罗斯的莫辛-纳甘M91/30步枪的子弹打掉了他的颌骨，但他还是活了下来，尽管最终彻底毁了容。

那些芬兰的狙击手自称是无拘无束、不屈不挠、一成不变的：冰冷魔怪的优点。在芬兰语中，"sisu"这个词意味着坚定与抵抗品质的结合。这个词该怎么翻译？"精神上的克制""忘我""心灵的抵抗"？在人类英雄主义的形象名录中，自从跟他那头白鲸拼死搏斗的亚哈船长①以来，除了芬兰狙击手，就没有任何其他人如此完美地体现出被唯一一个对象紧紧吸引住的人的形象。

穆尼耶就像一个芬兰狙击手那样隐身、耐心。他就活在sisu中。但是，他没有开枪杀过任何生灵，他不怨恨任何人，也没有任何一个人朝他开过枪。

在法国军队中，第13伞降龙骑兵团②掌握了伪装的技术。这些伞降兵渗透在敌方的领地中，从事间谍活动。他们把自己跟背景融为一体，不产生任何垃圾，不发出任何气味，整整好几天一直潜伏在岗位上。穆尼耶正是如此，他身穿迷彩战斗服，用卡其布布条把他的摄影机团团包裹住，很像是那么一个杉树人、岩石人、矮墙人。一个显著的区别：

---

① 亚哈船长（Achab）是美国作家赫尔曼·梅尔维尔的小说名著《白鲸》中的主人公。
② 法国第13伞降龙骑兵团是法国陆军的一支特别侦察部队。

青藏高原的雪豹与北极的狼拥有比那些好战的宗教极端分子隐藏得更好的感觉装备。

有时，在 sisu 的充分磨炼中，我就趴在穆尼耶的身边，傻傻地做梦：我想象一个伞降龙骑兵就埋伏在一片开阔地上。一对情人出现在他的面前，为终于寻觅到一个孤独的地方而十分兴奋。先生把女士推翻在地，就在一个伪装成岩石的龙骑兵的身上。这对一个情报人员来说又是一种如何的命运啊！为汲取国家的秘密而埋伏在一片山坡上，却撞上一个莫里斯紧紧地抱住了玛瑟琳娜。穆尼耶倒是什么都没告诉过我。我怀疑他亲眼目睹过这一类的好戏。

眼下，时间在一分一秒地流逝，只剩下他一个人。偶尔，会有一只秃鹫在空中盘旋，希望发现我们就是死人。一匹狼小跑而过，毫不羞愧的幽灵。有那么一回，飞过一只乌鸦，天空记忆中的酷刑。另外有一回，一只兔狲从它隐蔽的巢穴中探出脑袋来，被阳光晃了眼，却是一副迷人的样子。我们要抚摸它的欲望似乎把它给惹恼了。我们在山谷里搜寻了整整三天。雪豹可能就是一块岩石，而每一块岩石也可能就是雪豹，必须寻得很仔细。我相信到处都能看到它：在一方草地上，在一块方石的后面，在一片阴影中。对雪豹的想法早已深深侵入了我的心。这是一个很普通的心理现象：一个存在只要迷住了你，它便会显现在各处。这就是为什么当人们热烈地爱上了一个女人时，也将会爱上所有其他的女人，他们会寻求在各种不同的表现之中去崇拜同样的本质。你去对你的妻子解释这件事吧，哪怕她会狠狠地掐你一下，你就说："亲爱的，我在每一个女人身上爱上的可全都是你呀！"

# 献给世界的词语

穆尼耶苦于一种"白鲸综合症"①，只不过是以和平的陆地上的形式来体现的。他寻找的不是鲸鱼，而是一只雪豹，他只是想给它拍照，而不是用鱼叉叉死它。但是，他跟赫尔曼·梅尔维尔笔下的主人公一样，心中燃烧着同样的烈火。

正当我的朋友们忙于用望远镜仔细探寻世界秘密的时候，我却在捕捉一个想法，恐怕还要更糟呢，我在捕捉一个适当的词语！一旦找到了它，我就将写下一些格言警句。机会很难寻，因为皮肤皲裂导致我手指头流血。我把儒勒·列那尔②的《自然纪事》看作一个拥有笔记本的人对大自然的最美好的致敬方式。儒勒·列那尔用他所能支配的唯

---

① "白鲸综合症"的原文为"（syndrome de Moby Dick）"，这里的白鲸，就是赫尔曼·梅尔维尔的小说名著《白鲸》中那头叫"莫比·迪克"的白鲸。
② 儒勒·列那尔（Jules Renard，1864—1910），法国作家，最著名的作品为小说《胡萝卜须》(1894)和随笔《自然纪事》(1896)。下文中的引文应该都来自于《自然纪事》。在《自然纪事》中，儒勒·列那尔以其敏锐的观察力、丰富的想象力与优美的文笔，栩栩如生地描写各种动物、植物的形象，是具诗意又富趣味的自然纪事小品文。

一东西，为这世界的美丽献上了祝福：那就是他的词语。他的那些自然常识课重新描绘了生活，重新创造了草地上的、天空中的、池塘里的众生。他看到一只蜘蛛："整夜里，它以月亮的名义张贴封条"。他遇见一只蟑螂："黑黑的，粘住了，像一个锁孔"。他发现一条蜥蜴："开裂的石头的自发之子"。我迫使自己相信，这些想法是从作者的意识中突然迸发出来的，而且早已有了模式。就仿佛一架照相机完全能够自动打开快门似的。

儒勒·列那尔曾经描绘了有树木围隔的乡间田地的景象，还有埃皮纳勒彩画①上的种种动物。穆尼耶的世界，这个冰雪与野狼的世界，又会给他什么样的启迪呢？我也尝试着写了我的"自然纪事"。我把我的那些格言读给我的同伴听，收获了尴尬的微笑或是礼貌的赞许：

瞪羚：匆匆忙忙的女子融化成了当地精神中的思想。

野驴：在它身上，有着未被理解的尊严。

蜿蜒曲折的河②：看西藏的河流看得多了，中国人就

---

① 埃皮纳勒（Épinal），法国东北部城市，因出产埃皮纳勒版画而闻名，当地有不少专门的版画作坊。
② 原文 Méandre（s），是小亚细亚的一条非常蜿蜒曲折的河流，后被用作普通名词。

发明了面条。

上帝：把豹子用作吸墨纸，来擦去羽笔上的墨水。

雕鸮：太阳终于升起了，想看看究竟谁歌唱了整整一夜。

"那么，人呢？"玛丽问，"难道没有资格来上一句格言吗？"

"人吗？"我说，"上帝玩骰子游戏，输了。"

# 放弃的契约

白天过去了,我们正准备撤离瞭望哨。澜沧江躺在那里,被寒冷电死的鱼的侧腹。太阳下山了,弯弯曲曲的河流像是铝做成的,阴影升起,染黑了山脊,一座又一座地熄灭了山峰上的光。有几个尖顶——最高的那几个——依然亮着。气温急剧下降。这是寒冷和死亡的轻蔑。有谁在想黑暗中野兽的搏斗?它们是不是全都回到了隐身之地,还是依旧忍受着零下35摄氏度的低温?我们正在向稍稍暖和的地方下撤。

"赶紧点火炉子!"我朝雷奥喊道。

再过半个小时,我们的手里就会有一杯热茶了。还有什么可抱怨的吗?

与此同时,牦牛群也回到了圈栏中。就像农庄中的牲畜一样,我们全都听命于肚子。尽管人对自己的评价很高,他最终还是乖乖地坐到了浓菜汤面前。在走下山坡,走向一动不动的河流时,我回想起母亲的葬礼[①]。在五月的那一

---

[①] 作者的母亲玛丽-克萝德·泰松-米耶(Marie-Claude Tesson-Millet,1942—2014)是一位医生,也是《医生日报》的创办人。对她的去世,作者在后文中有所提及。

天,我们全都很困惑:她没受任何打击、轻易地死去了。没有人准备好去应对这一不可避免之事。在默基特希腊礼天主教会①的告别仪式上,她的棺材就安放在圣像屏前面,我们中的一些人想到,生命将不可再忍受,她死亡的污秽会把我们都带走。但是,几个小时过去后,我们突然就饿了。就这样,自认为无法得到抚慰的如此悲伤的一伙人,一下子不约而同地坐到了希腊餐厅的餐桌前,一边嚼着烤鱼,一边喝着有松香味的葡萄酒。原来,胃腺要比泪腺更急不可耐,在那一天,旺盛的食欲才是人们痛苦的最大安慰剂。

我寻找着雪豹。我到底是在找谁?窥伺动物的伟大之处在于:我们是在追逐一头野兽,而正在拜访你的却是你的母亲。

风景是一把扇子。一层层荒芜的山坡插入了满地积雪的世界屋脊中。雪给山体的皱褶撒上了一层粉末,众神全都披挂了积雪。穆尼耶说到这件事倒是并不那么矫揉造作:

"雪的工作方式就像一名玛格南图片社②的摄影师,黑白照片。"

十只岩羊走在山坡上。它们逃到了西边的悬崖上。它们

---

① 默基特希腊礼天主教会,是一个与罗马教宗完全共融的东正天主教教会。它采行混合了地中海东岸以及希腊文化的拜占庭礼仪。
② 玛格南图片社(l'agence Magnum)是一家世界知名且具有相当影响力的摄影经纪公司,在纽约、巴黎、伦敦和东京设有分部。它成立于1947年,其创办者都是当时知名的新闻摄影师。

引起了好几处坍方。它们的惊慌打破了大自然的秩序。是雪豹逼迫了它们吗？营地的种种嘈杂声传了上来：锤子敲出的叮叮当当声，发电机的嗡嗡声，狗的汪汪声，牛的哞哞声。各种各样的声音响彻山谷。孩子们跟在牦牛后面跑，把它们赶回围场，把它们赶得像玩具一样在峡谷深处团团转。那些才一米多高的孩子用弹弓和石子引领着畜群回家。而牦牛只要一脖子扎过来，就会把人的肚子刺破，但是，那些巨大的食草动物还是乖乖地被这些小小的双足动物赶着走。牛群早已被驯服。那是在新月沃地中发生的，是在那个被钉上十字架的无政府主义者①诞生之前一万五千年的事情了。人们早已聚养起了大群的牲畜。牛群以自己的自由为代价换取来安全。它们的基因牢记这一契约。这一放弃让牲畜走向了围栏，也把人带向了城市。我就属于这样的一个叫人-牛（hommes-bovins）的物种：我住在公寓里。权力当局对我的行为举止发号施令，并在我种种细节的自由中当家做主。作为交换，人们提供给我下水道系统和中央供暖设备——换句话说，等于提供给牛的干草。这天晚上，牲畜们在宁静中，也就是说，在监狱中反刍。与此同时，狼群则会搜索着黑夜，雪豹会四处溜达，盘羊会靠在岩壁上簌簌发抖。选择什么呢？瘦骨嶙峋地活在银河当空的苍穹底下，还

---

① 即耶稣基督。

放弃的契约　　115

是在同类们那潮湿的汗味中暖暖和和、稳稳当当地反刍?

我们就在棚屋营地上方的三百米处。悬崖掉进了澜沧江的坡岸中。牦牛像是草原上的谷粒。蓝色的炊烟飘荡在空中。气温还在下降,什么都不动,万籁俱寂,世界熟睡。正当我们走在蜿蜒狭窄的台地之间,一路走向营地时,我们突然听到了它在啸叫。那不是一首牧歌,而是一种痛苦的撕裂。回声振响了十次,悠长而又忧伤。雪豹们在彼此召唤,为的是繁衍族类。这首歌是从哪里传来的?来自江岸还是岩壁上的洞穴?痛苦的咆哮充盈了整个山谷。要想听出这首爱情之歌,需要有一种很强的想象力。雪豹啸叫着,走掉了。"我爱他,我逃离他。"拉辛笔下的贝蕾妮丝[①]这样诉说,那是雪豹中的女王。我已经建立了那样一种爱的理论,那是一种与众生灵之间保留一定距离的爱。低频率的接触或将保证感情的延续。

"恰好相反,"穆尼耶听我阐述完那些小酒馆中的理论后纠正道,"它们彼此召唤,为了找到对方。它们彼此选择,彼此寻找。啸叫声彼此呼应。"

---

① 贝蕾妮丝(Bérénice)是法国剧作家拉辛(Racine,1639—1699)同名悲剧中的女主人公。她为顾全君王的名声,作了自我牺牲,离开了宫廷。

# 峡谷的孩子

每天晚上，当我们回到棚屋里时，贡帕的姐姐们都会来拉住我们的手，把我们带到炉火前。多年来，她们从母亲那里学会了一套得体的行为举止，将来还会把它们传给自己的女儿。我们帮她们担水，用亚洲人的方式：两只水桶挂在一根竹扁担的两端。这样的负担对于我受过伤的脊背已经很沉重了。吉索，只有三十公斤的体重，却总是很利索地完成从河边到棚屋之间的两百米行程，而且从来就不会厌烦。贡帕会装出鬼脸来模仿我，一路跛行，身子弯成两截。然后，我们就在温暖的房间里打瞌睡。供在佛龛中的菩萨朝我们微笑。蜡烛发出一种淡淡的气味。母亲倒上茶。身穿毛皮衣服的父亲从小睡中醒来。炉子是轴心。周围，家庭的众多星座：秩序，平衡，安全。外面，传来了牲口咀嚼的声响。牲畜奴隶在休息。

它没有再出现。我们在山坡上来回搜寻，我们探索洞穴。走过了几只狐狸、几只野兔，还有好几群岩羊，但是，一直就没有雪豹,秃鹫在我的沮丧之上描画出死亡圆舞曲的圈圈。

问题必须得到解决:在这里,进化从来都不会把赌注押在多种多样的世代繁衍上。在热带地方的生态系统中,生命通过充沛的数量得到传播:云彩一样翻滚的蚊子群,大量麋集的节肢动物,爆炸一般飞冲的鸟类。生存很短暂,很迅速,可以互换:爆炸性能量!大自然通过挥霍来纠正它散布在吞噬中的浪费。在西藏,生命物的长寿弥补了它们的稀有。野兽都很强壮,很有抵抗力,很个性化,这是长期归化的结果:生命就此延续。草食动物卷动着舌头啃食一把可怜的青草。秃鹫劈开一团空空如也的空气。食肉动物一无所获地回转。它们以后将去更远处,重新发动攻击,轰散其他兽群。有时候,一连好几个小时中,没有一个动作,没有一丝气息。

风从山坡上刮下一团团雪粒冰碴。我们守得很稳。守候的原则就是忍受不适,而寄希望于一次相遇能让接受变得合法。一想到它就在那里,我们曾经看到过它,它兴许也看到了我们,而且它可能还会突然出现,就足以使我们忍得住耐心的等待。我记得,在《追忆似水年华》一书中,斯万爱上了奥黛特·德·克雷西[①],便很高兴地得出了简单的结论,

---

[①] 在法国作家马塞尔·普鲁斯特的长篇巨著《追忆似水年华》中,斯万爱上了奥黛特·德·克雷西,娶她为妻。他们俩的女儿希尔贝特后来一度还成了主人公马塞尔的追求对象。

认定，即便他不能遇上她，她也会在他的身边。我隐约记得有那样的一段内容，但我不得不等到回巴黎之后才有可能找到这几句话，念给穆尼耶听。马塞尔·普鲁斯特应该能完美地认识到我们潜伏等候的本质，但是在零下20摄氏度的气温中，他一定会在他的水貂皮大衣中冻得感冒、咳嗽。只需要把奥黛特替换成"白豹"就成了："即使在见到奥黛特之前，即使他没能成功地在那里见到她，当他的脚踏入这片土地上时，他还是会体会无比的幸福，尽管他并不知道她的出现会是在哪一个确切的地点，具体会在什么时候，他却会感受到，她突然显身的可能性到处都在跳动……"雪豹显身的可能性就在山上跳动着。我们只要求，它能维持一种让我们足以承受一切的充满希望的张力。

那一天，三个孩子前来找我，带头的是那个年纪最小、却最鬼怪精灵的贡帕。他们径直朝我的潜伏点而来，一路唱着歌，蹦蹦跳跳，衣衫凌乱，头发被风吹得乱蓬蓬的。他们一直走到我藏身的那块大岩石跟前，由此完全破坏了我为隐蔽而作出的努力，并证明了我的伪装做得实在不太到位。从山谷底部，他们在五百米远的地方就发现了我的潜伏点！他们跟我一起安顿下来，活泼，愉快，他们对这个世界的了解只限于这一片山谷，对生活的了解也只限于与凶狠的野兽以及温顺的牦牛为伍的那一个个清澈的白天。在八岁的小小年纪，这些孩子就有了自由、自主和责任的观念，他们鼻子里流着鼻涕，嘴角上挂着微笑，把一口锅当作第二个母亲，还要掌管一群形体巨大的牲畜。他们害怕雪豹，但他们的腰带上别着一把小匕首，一旦遭到攻击，就会奋力自卫。此外，他们在冰冷的空气中高声唱着歌，祛除着恐惧。他们得不到什么指导性的建议，但他们擅长跑遍大山。每天，他们都会在那些向天际线上的山口走去的朝圣队伍的种种许诺面前转悠。他们摆脱了我们欧洲人儿童时代都会有的那种耻辱：教育学，实际上，这一教育学剥夺了孩子们应有的快乐。而在这里，他们的世界有着它的边界，黑夜有它的冻伤，夏天有它的温和，冬季有它的苦痛。他们居住在一个堆筑有高塔、开有拱门并有壁垒保卫的王国中。他们从来就不看电子显示屏，兴许他们的优雅恰恰跟宽带通讯网的缺席成正比？穆尼

耶、玛丽和雷奥，原本躲藏在河流右岸一处岩壁的脚下，也前来跟我们这群人会合。于是，我们丢弃了发现雪豹的任何机会，在岩石丛中举行了沙龙，直到晚上。

穆尼耶给孩子们看了他一年前拍的一张照片的洗印样。

照片的前景中，有一只猎隼，羽毛是皮革色的，正停在一块长有地衣的岩石上。后面，稍微偏左一点，在石灰岩的轮廓后边，对一道未经警告的目光而言是看不见的，显现出一只雪豹的那双死盯着摄影师的眼睛。这野兽的脑袋跟岩石融为了一体，而我们的眼睛则需要一段时间来把它分辨出来。穆尼耶把他的视线焦点调到了鸟的羽毛上，甚至都没有怀疑那黑豹正在盯着他。只是在两个月后，当他研究自己拍的那些照片时，他才注意到了雪豹的在场。他，永不失误的自然学家，竟然被骗了。当他给我看这张照片时，我只看到了那只鸟，而没有发现任何别的什么，必须由我的朋友用手指头指着那只雪豹，才能让我觉察到我的目光永远都无法自行探测到的那个东西的存在，因为我的目光只会发现眼前一个直接的在场物，而根本不会寻求抓住任何别的什么。一旦被定位后，每次再看那张照片，那野兽都会给我狠狠一击。不可怀疑者变成了显而易见者。这张照片显示出了它的教诲意义。在大自然中，我们被注视着。另一方面，我们的眼睛总是习惯于偏向最简单的东西，去证实我们已知道的东西。而孩子，远没有成年人那么受条件影响，反倒更容易把握背

峡谷的孩子

景中的奥秘和曲折的存在。

　　我们的藏族小朋友并没有被骗。他们的手指头立即不约而同地指向了它。"Saâ!"他们喊道。这并不是说，他们的山间生活会使他们的目光更加锐利，而是说，他们的孩童之眼并不会被带往已知之物的确切性。他们开发了现实的边缘地带。

　　艺术目光的定义：看到隐藏在那些平淡无奇的屏风后面的猛兽。

# 第二次显身

我们第二次看到它是在一个雪天的早晨。我们在山谷南部出口的石灰岩山脊上，就在一个被阵风吹穿的拱洞上方。我们在黎明时就去设岗了：劲风一阵阵地拍打我们的脸。

穆尼耶始终坚忍不拔，无懈可击地绑定在他的瞄准镜上。他的内心生活得到外部世界的滋养。一次邂逅的可能性麻醉了他心中所有的疼痛。头一天，他跟我谈到他亲近的人。"他们认为我是一个神经质的人：当一些关键性的事发生之际，我会在一旁静静地看着一只鸸鸟经过。"我回答他说，相反，神经官能症就存在于我们大脑的衍射中，而我们的大脑早已被灌满了种种信息。我是这座城市的囚徒，被不断冒出来的新东西滋养，我感到自己是一个被削弱了的人。狂欢节进行得如火如荼，洗衣机的滚筒在转动，电子显示屏在闪闪地发亮。我从来没有问过自己这个问题：天鹅的飞翔凭什么就不如特朗普的推特更有趣呢？

我，为了在几个小时的潜伏期间撑住自己，便潜入到了回忆中。我把自己转移到了上一年,在莫桑比克海峡①的海滩上,或者,我回忆起了勒阿弗尔②博物馆中的一幅画,再或者,一张可爱的脸出现在了我的眼前。然后,我维系住这些形象。它们很脆弱,如雨中的火焰。精神在飘浮,凝视着航标灯。这不是一种很紧张的反思。时间终于一分一秒地过去了,尽管埋伏很不舒服。后来,当阳光普照大地时,这些幻象就融化了。

一些岩羊散布在我们周围的那片山谷中,就在河对岸。太阳从山脊上升起。所有的野兽,不约而同地,全都转向了光明。如果太阳是至高的神的话,它应该会把那些动物看作忠诚的信徒,远要比那些挤在霓虹灯灯光底下而对它的荣耀漠不关心的人更为忠诚。

雪豹出现在山脊上。它向下,朝那些岩羊走去。它前进着,贴着地面,迈着克制的步伐——每一块肌肉都听从了召唤,每一个动作都得到了控制,完美的机械。大规模毁灭性武器正以稳当的步伐前进,走向黎明时分的牺牲品。它的身体在石块中滚动。那些岩羊没有看到它。雪豹就是这样狩猎的,实施了出其不意、攻其不备的战术。由于它太重了,不能够奔跑着追上一个猎物(它可不是非洲稀树草原上的猎

---

① 莫桑比克海峡(canal du Mozambique)位于非洲东南部的莫桑比克和马达加斯加岛之间。
② 勒阿弗尔(Le Havre),法国诺曼底地区的一个海港城市。

豹），它就指望着靠伪装来取胜，逆风而上，接近猎物，然后，一跃而起，扑到好几米远的猎物身上。军人们把这种充满了瞬间爆发性和不可预见性的进攻战术称为"闪电袭击"。如果这一策略奏效，敌人——即便是数量更多或者力量更强的敌人——就没有时间实施防御。它一下子就被扑倒，被打败了。

那天早上，袭击失败了。一只岩羊发现了雪豹，它的抽搐引发了整个羊群的警觉。令我惊讶的是，这些岩羊并没有逃跑，而是转身朝向了那头猛兽，正视着它，像是在告诉它，它的接近已被察觉。对险情的有效监视保护了整群岩羊。岩羊的教训就是：隐蔽的敌人才是最可怕的敌人。

雪豹的面具一旦被揭穿，游戏便宣告结束。它在岩羊的注视下穿过河谷，它们一边目不转睛地盯住它，一边心满意足地后退了几十米，让它从前面走过。假如这猛兽做出哪怕只有一个动作，那些食草动物就会在石子地上四下逃散。

雪豹穿过羊群，攀爬在岩石丛中，来到了山脊，又一次彻底显身，在天空中勾画出身形的轮廓，然后，消失在了山脊的另一边。这时候，离我们的岗位有一公里远，埋伏在北边一个褶皱中的雷奥，在望远镜中捕捉到了它，就仿佛我们委托他继续充当着这一场景的证人。在无线电收发报机中，他低声说了几句，告诉我们那边的有关情况：

"它在山脊线上……"

"它沿着岩石下来……"

"它穿越山谷……"

"它趴了下来……"

"又继续走……"

"它爬上了对岸……"

我们等了整整一天,聆听这首诗,希望野兽能再回到我们这边的山坡上来。它走得很慢,它有的是一片远大的前程。我们也有的是耐心。而这耐心,我们会给它的。

傍晚前,我们在山脊的突堞中又见到了它。它趴下来,伸展开身子,又站起来,走了开去,步子摇摇摆摆。它举起尾巴抽打了一下空气,凝滞不动,画了一个大大的问号:"面对着你们共和国的步步逼近,我还要保留我的王国吗?"它消失了。

"它们八年生存中的好大一部分时间都在睡觉,"穆尼耶说,"如果有一个机会出现,它们就会去捕猎,饱餐一顿之后,它们会靠着肚子中的存货坚持上一个星期。"

"但是,剩下的时间呢?"

"它们打瞌睡。有时一天会睡上二十个小时。"

"它们做梦吗?"

"天知道。"

"当它们凝视着远方时,它们是在思考这世界吗?"

"我想是的。"他说。

时常，在卡西斯[①]的那些小海湾中，我观察成群的海鸥，我问我自己：野兽会看风景吗？那些穿着极其讲究的白鸟，在夕阳的光辉中，凌空展翅，几乎凝滞不动。它们从来都不脏——洁白无瑕的胸，闪耀着珍珠般光泽的翅膀。它们不用拍打翅膀就劈开了空气，在大气层中冲浪，而此时的地平线则变得红彤彤的一片。它们不狩猎。它们出现在表演场，与它们只服从生存机制的教条相矛盾。即使是最理性的人也不会否认这些动物的"美感"。让我们把感受自己还活着的这种愉悦的信念称为美感吧。

雪豹交替生存于捕食的战役和美味的午觉之间。一旦吃饱了肚子，它便会在那一块块石灰岩的岩石上躺下，我怀疑它梦见遍地都是为它安排好的热气腾腾的肉，在那里，它不再需要跳起来赢得它的份额。

---

[①] 卡西斯（Cassis）是法国普罗旺斯-阿尔卑斯-蓝色海岸大区罗讷河口省的一个市镇。

# 野兽的部分

由此，在它八年的生命中，雪豹拥有了一种完全彻底的存在：躯体给了欢乐，梦想给了荣耀。雅克·夏多纳①在他《窗户外的天空》中是这样把握人类使命的："庄严地生活在不确定之中。"

"雪豹的定义！"穆尼耶说。

"小心！"他说，"人们可以坚信，这些野兽享受着阳光、充沛的鲜血和无比广袤的午觉，我们还可以把一些精致的情感归因于它们——我就是第一个这样做的——但我们不能用一种道德来装扮它们。"

"一种过于人性化的人类道德吧？"我说。

"那不是它们的。"他说。

"邪恶和美德？"

"那不关它们的事。"

---

① 雅克·夏多纳（Jacques Chardonne, 1884—1968），法国作家，写小说、评论。《窗户外的天空》是他1959年的一部随笔集。

"屠杀之后的耻辱感?"

"无法设想!"雷奥接着说,他可是读过很多书的。

他提醒我们注意亚里士多德的灵光一现:"每一种动物都在实现它的那部分生命与美。"在《动物之构造》中,这位哲人只用这一句话就定义了一切野蛮行为。亚里士多德把动物命运局限在了致命的功能和形式的完美上,而完全没有道德上的考虑。哲人的直觉是完美的,高级的权衡,高尚的表述,彻底的有效——希腊式的,还能说什么!野兽们占据了它们应有的正确位置,而没有超越由进化的摸索所指定的护墙,即平衡的强力。每一种野兽都构成了秩序和美的复杂体系中的一个元素。野兽是镶嵌在王冠上的一颗珠宝。这王冠得用鲜血来洗。道德并不被邀请进入这些安排中,而血口吞噬中也没有什么残忍。道德只是人的发明,他们需要互相指责什么。生命很像是一局彩色棒①游戏,人被证实过于残暴,而不能玩这微妙的游戏。他仿佛从远方而来,带着一种并非总是必需的暴力,盲目地参与到这一种族的生存游戏之中,而且,他还脱离了他自己所指定的合法框架!

"每一种动物都在分配它的那部分死亡",亚里士多德还可以这样补充一句。二十三个世纪之后,尼采在他的《人性

---

① 彩色棒(mikado),一种桌上游戏,又叫挑彩棒,2 到 4 人都可玩,以一一取走散掷在桌面上的彩色(竹子或木头)棒而不让其他的棒跟着动为规则,看谁在一堆彩色棒中取走的棒数最多。

野兽的部分　　129

的，太人性的》一书中证实了这一假设："而生命，至少不是由道德创造出来的。"不，反倒是生命本身及其他扩张的迫切需要创造了生命。我们谷地中的野兽，以及已知世界的野兽，都生活在善与恶之外。它们并不能止住高傲或权力的饥渴。

　　它们的暴力不是狂怒，它们的捕猎不是袭击。

　　死亡只是一顿餐饭。

## 牦牛的牺牲

"我在小路上方两百米处发现了一个山洞。我们就去那里露营,它的洞口开向东面,我们在那里会有最好的位置。"

就这样,在我们到达一周之后的那天早上,穆尼耶叫醒了我们。棚屋里都结冰了,雷奥点燃了炉子,我们沏了茶,然后,就忙于打包:沏茶是为了让我们清醒,打包是为了度过夜晚。我们带上了摄影器材、观察镜、睡袋(为抵挡零下30摄氏度的低温)、食物,还有我的那本《道德经》。

"我们会在那上面待上两天两夜。假如它会经过,那么山洞就为我们提供了一个完美的阳台。"

我们通过一条几乎垂直的小径爬上了峡谷。需要花费不少时间才能到达灰色云雾缭绕中的悬崖。我的朋友们费了劲。雷奥背负着三十五公斤的东西,巨大的望远镜从他的背包中露出来一大截。就这样,我对自己说,即便是那些玄学家,也是能够付出努力的。玛丽几乎消失在比她个头还要高的负担底下。而又一次,我什么也没带,像一个被仆人在两旁架着走的大胖子。我那受过伤的脊椎骨让我免除了努力,但它没有取消我对这殖民大篷车的兴趣。

"看,那里有一大块黑乎乎的东西!"玛丽说。

那头牦牛已经奄奄一息。它躺在左侧的山腰上,喘着粗气,哈气让它的嘴边蒙上了一层白霜。它将要死在这峡谷的深处。在明媚阳光下的奔跑结束了。雪豹的尖牙已刺穿了它的脖子,血流在了雪地上。这畜生在颤抖。

雪豹就是这样捕猎的:猛扑到猎物身上,一口咬住它的后脖颈,便死不松嘴。被攻击的野兽在斜坡上逃窜,脖子上还拖着猎手,而这一通奔跑以两者——猎物与猎者——的一起摔倒而告结束。它们在斜坡上翻滚,掉到悬崖下,摔在岩石上。有时,猛兽也会在这番搏斗中折断脊柱。那些在致命的撞击中侥幸逃脱性命者,也会瘸腿一辈子。那些斯基泰牧人[①]曾经在他们的黄金扣钩上再现过的猎豹扑到兽背上的图案。这些画面体现出交织在一起的肌肉与皮毛的涡旋,进攻的舞蹈与逃亡的旋风,而这,在两个生灵相遇之际,则是最为共有的结果。

雪豹听到了我们。无疑,它正藏在岩石缝里,盯着我们,担心一些两足动物——受到唾弃的种类——可能会夺

---

[①] 斯基泰人(scythes),也叫西徐亚人。是公元前 8 世纪到前 3 世纪时期生活在中亚和南俄草原上的印欧语系东伊朗语族的游牧民族。

走它的猎物。其实它误解了，因为穆尼耶的意图远比偷走一个食肉动物的口粮要复杂得多。牦牛死了。

"我们要把它移动十米，放到河谷的底部，对准山洞的轴心，"穆尼耶说，"如果雪豹回来，我们就将跟它在一起！"

等到夜晚来临，我们也埋伏到位，牦牛就躺在草地上，而我们，则安顿在了一个层次分明的洞穴体系中。"好一个复式套房！"雷奥说道，因为他发现了一些在其他洞的上面挖出的洞，洞与洞之间有着三十来米的隔层。玛丽和穆尼耶占据了下面的山洞（那是皇家套房），我和雷奥待在了上面的山洞中（附属建筑），牦牛则安躺在下方一百米处（领地的食物贮藏室）。

# 害怕黑暗

我在洞穴深处宿营了多少个夜晚？在普罗旺斯地区，在滨海阿尔卑斯省，在巴黎大区的森林中，在印度，在俄罗斯，在中国西藏，我睡在无花果香味的"芬芳"中，在花岗岩的前哨中，在火山的断层中，在砂岩的壁龛中。当我进入时，我体验到一个神圣的时刻：对那些地方的感激。必须不打扰任何人。有时，我会吓到一些蝙蝠或蜈蚣。入住仪式是永恒不变的：弄平地面，把自己的行李物品放在一个避风的角落。我刚刚跟雷奥一起进入的山洞曾经被人占用过。地面很干净，洞顶被烟炱熏得黑黑的，一些石头摆成一个圆圈，说明曾是一个灶台。洞穴曾在人类生活可怜的开端时期构筑成他们母腹般的温馨之地。每一个洞穴都曾庇护过作客的人类，直到新石器时代的冲动吹响了走出隐蔽地的号角。那时候，人们就散了开来，他们培肥了土壤，驯养了畜群，发明出一个唯一的造物主，开始有规划地择伐大地，直到在一万年之后，终于实现了文明的成就：拥堵和肥胖。我们可以稍稍变动一下帕斯卡《思想录》中的表达——"人类的一切不幸均来自唯一一件事，那就是不会待在一个房间里好好地休息"——我们会发现，世界的不幸开始于第一个人从第一个洞穴中走出来。

在洞穴中，我发现了一种古老光线的神奇回声。同样的问题，我们会在进入一个教堂的中殿底下时提出：这里究竟发生了什么事？人们怎么会在一个拱形的屋顶底下彼此相爱？也许，一些古老的对话已经渗透进了岩石，恰如晚祷的诗篇早就深深地融入了西多会①的石灰岩中？

有时，在我们普罗旺斯的宿营地中，我的同伴们也会嘲笑这些思考。他们在睡袋里笑着说："你这是在培养一种性错乱，我的老兄！管道中的这一番清刷，是对黏液的怀恋！你这是属于精神分析学的一部分！"他们用他们的那一套嘲讽来击垮我的思考！

我喜欢洞穴，因为它们属于一种十分古老的建筑，在那里，水和化学干燥剂的努力最终会在一片岩壁上刺出一个口子来，好让一个过路人的夜晚变得不至于那样痛苦。

雷奥和我瞄准了待在洞穴入口处一块大岩石上的一只盘羊，这个死亡与力量的图腾守卫着洞口。雷奥调整好了仪器。从我们的位置向下望去，我们看到了牦牛。等待开始

---

① 西多会，又译熙笃会（Cistercians），是罗马天主教修道士修会。它于1098年建在法国第戎附近的森林里，其主要目的是复兴严格的本笃会规范。

害怕黑暗　　135

了。一只秃鹫盘旋着,翅膀大大地展开,似乎要把河谷的两岸拉近。昏暗在峡谷中升起,寒冷加剧了寂静,一想到还要在这里再待上几个小时,我顿时明白到,在零下 30 摄氏度的情况下,内在生命的缺失究竟意味着什么,与此同时,我也诅咒起了我自己对闲聊的兴趣,因为沉默是必要的。雷奥扮演雕像的水平是一流的。他几乎一动也不动,只是用望远镜的一种几乎觉察不出的细微移动,来扫视着那一片地方。而我,最终还是跑去了洞穴的深处。我从行李中打开了我的那本《道德经》:为而不恃①。我心里想,"等待,不就已经是有为了吗?"隐伏难道不是一种行为的形式吗?既然它为思想和希望留下了自由的通道。在这一情况下,"道"之道路兴许就是建议:不要期待等待会带来什么。这一想法帮助我同意留在那里,坐在尘土之中。"道"有着这一优势:它的循环运动在头脑中滚动,占据了时间,即使是在海拔四千八百米处岩石冷冻柜的半昏半暗之中。突然,一个形状靠近了:雷奥返回了洞穴的深处。

很远处,牦牛群正在斜坡上吃草。偶尔,它们中的一个会失足滑倒在一片满是粒雪的地面上,它那身巨大的黑毛就会散出去好几米。这些庞大的卫士,它们知不知道,它们刚

---

① 见《道德经》第 10 章:"生而不有,为而不恃,长而不宰,是谓玄德。"法语译文为"Agit sans rien attendre",意思是"有行为而不等待"。

刚失去了一个同类？就在一个钟头之前？它们会清点自己的数目吗？这些注定要成为猛兽口中之食的可怜家伙！

夜色渐渐深沉，雪豹还是没有回来，我们点亮了头顶的红外滤光灯，就是我们的海军在军舰上值夜班时使用的那种灯，它不会发出任何可被定位的光。我很乐意相信自己就在一艘武装商船的舷梯通道上，静静地潜入到雪豹缺席的一片夜幕中。

孩子们把畜群带回家来，喊叫声响起，四周漆黑一片。一只雕鸮在对面的悬崖上放起了哨，就在河的对岸。它的叫声宣布了狩猎的开场。这夜猫子说："嗯！嗯！请安睡，肥胖的食草动物，快快躲起来吧！猛禽要起飞了，狼群要出来了，在黑暗中溜达，瞳孔扩大，豹子迟早也会过来，用它的利牙咬破你们中某一个的肚皮。"

在山上，天空的努力并不是多余的，到了清晨，它会把夜间狂欢的种种痕迹全都隐藏到一层积雪底下。

晚上八点，玛丽和穆尼耶过来跟我们会合。在一个怯生生的炉子上，雷奥为我们做了宵夜。我们谈论了洞穴中的生活，被火征服了的恐惧，从火焰中产生的对话，成为艺术的梦想，成为狗的狼，以及人类超越界线的胆量。然后，穆尼耶提到了人类的愤怒，这愤怒要让大地上所有其他的统治迟早为人类在旧石器时代的一个个冬天所遭受的痛苦付出代价。每个人都回到了自己的洞穴。

害怕黑暗　　137

我们钻进了羽绒睡被里。如果雪豹在夜里过来,尽管寒冷,它还是会闻到我们饭菜的香味的。必须接受这样一个令人沮丧的想法:"大地闻起来有人的气味。"①

"雷奥?"我在关灯之前问了一声。

"什么事?"

"穆尼耶不会给他的女人送一件毛皮大衣,而是直接带她去看那只披着毛皮的野兽。"

---

① Ylipe, *Textes sans paroles.*——原注
菲利普·拉巴特(Philippe Labarthe, 1936—2003),艺名伊利佩(Ylipe),是法国幽默画家、格言作家。这里的引语出自他的《无词的文本》(*Textes sans paroles*),那是他 2001 年的一部作品。

# 第三次显身

最初的几缕曙光中,我们从各自的睡袋中爬出来。天下过雪了,那野兽就在它的牦牛旁,嘴里还有一丝丝鲜红的血,皮毛上沾了点点滴滴的白雪。看来,天还没亮它就回来了,吃饱之后就睡着了。它的皮毛像是一层螺钿,闪耀着蓝盈盈的光。正因如此,人们把它称为雪豹:它来得像雪花飘落,静悄悄的,它撤退时步子轻盈,毫无声息,融化在岩石中。它已经撕开了牛的肩膀,国王的那一份。牦牛那黑色的外皮上显出一片血红的污渍。雪豹早已发现了我们。它转过腰来,抬起了头,我们撞上了它的目光,冰冷的火炭。那眼睛分明在说:"我们不能彼此相爱,你对我来说什么都不是,你们这一族是全新的,而我这一族则是远古的,你的这一族在传播,打破了诗篇的平衡。"这张染得血红的脸,是黑暗与黎明彼此交替的原始世界的灵魂。雪豹似乎并不担心。也许它吃得过于快了。它睡了短短的一小会儿。它的头就靠在前腿上。它醒了过来,嗅了嗅空气。皮埃尔·德里厄·拉罗谢尔①的《秘密纪事》中我曾如此喜爱的那个句子前来敲打我的头脑,要不是近在咫尺的野兽迫使我们保持静默,我真的很想在无线电里对着穆尼耶背诵它,告诉他我现在想到的所有的恶:"……我知道,在我的心中有一种东西,那不是我,但它远远比我更有价值。"我暗中把它改换成了这样的形式:"在我的身外有一种东西,那不是我,那不是人,但它要更为珍贵,那是人类之外的一种珍宝。"

它在那里一直待到上午十点。两只秃鹫获悉了消息,赶了过来。一只大乌鸦在天空中画出一条线:平平的脑电波线。

我是为了雪豹而来的。它就在那里,在离我几十米远的地方打盹。那个森林的女儿,早在我还是另一个人的时候,早在二〇一四年我从屋顶上掉下来②被击垮之前,就受到了我的喜爱,它本来是会注意到我没有看到的一些细节的,它也应该会对我解释雪豹的种种想法的。为了它,我使出我所有的力量看着那野兽。人们强迫自己去享受美好事物时的那种强烈程度,是对缺席者的一种祈祷。他们当真很想也在那

---

① 皮埃尔·德里厄·拉罗谢尔(Pierre Drieu la Rochelle,1893—1945),法国作家。1930年代成为法西斯主义的支持者,并且是德国占领时期著名的附敌者,战后自杀。《秘密纪事》是他的一部遗著。
② 2014年6月,西尔万·泰松在跟几位朋友(作家让-克里斯托夫·吕芬、登山者丹尼尔·杜拉克,图书编辑卢多维克·埃斯坎德)一起攀登勃朗峰期间,不幸从10米高的木屋上摔落下来。结果脊椎骨碎裂,一只耳朵聋,失去味觉,一侧脸瘫痪。

里。正是为了他们,我们才瞧着雪豹。这一野兽,转瞬即逝的梦,是消失了的存在物的图腾。我那被带走了的母亲①,林间小径中的姑娘:它的每一次显身都把她们重又带回给了我。

它站了起来,从一块岩石后面溜走,然后又出现在了山坡上。它的皮毛颜色跟灌木丛混淆在一起,留下了一种poikilos。这个古希腊词语的意思是猛兽斑斑点点的皮肤。同一个词还可以用来描绘思想的闪烁。那雪豹,就如异教徒的思想,在迷宫中循环转悠。它很难被抓住,搏动不已,它被授予给世界,作为装饰。它的美在寒冷中震颤。它展开在死去的东西中,平静而又危险,阳刚气十足,却有一个阴性名称,它模棱两可,像是最高级的诗,变幻莫测,毫无舒适感,斑驳陆离,波纹闪光:这是 poikilos 的雪豹。

闪烁真正地消失了,雪豹已经蒸发无形。无线电收发报机在噼啪作响:

"你们还能看到它吗?"穆尼耶问。

"不能,消失了。"雷奥说。

---

① 作者的母亲正是在 2014 年他坠落受伤之前几个星期去世的。

第三次显身

# 赞同世界

潜伏的那个白天开始了。在黎巴嫩南部,在西顿区的中心,竖立着一座献给圣母马利亚的礼拜堂,叫等待圣母院。我就用这个名称来称呼我们的洞穴。雷奥成了这个教堂的议事司铎。他用望远镜搜遍了整座大山,一直到晚上。穆尼耶和玛丽在较低的位置上应该也做了同样的事,只不过他们所占用的时辰有所不同。有时,雷奥会来到山洞的深处,四肢弯曲,趴在地上,喝上一口茶,然后继续返回他的瞭望哨。穆尼耶通过无线电跟我们交谈。他认为,那只雪豹已经越过峡谷,去了河对岸斜坡上的岩石平台:"它将去休息,只留一只眼睛瞟着猎物,请你们搜索对面相应地带上的岩石丛。"

那几个钟头是我们向世界偿还的债。我会留在这个热气球的吊篮里,在山谷和天空之间,扫视着这座山。我站定了,两条腿交叉着,看着我呼出的一团团雾气背后的风景。我曾希望这次旅行能为我带来多多的惊喜,"发疯似的迷上各种乱七八糟的东西"①，而此时此刻，我却满足于冻结在镶嵌宝石的底座上的一片斜坡。我是不是早已皈依了"无为"这一中国的睿智？什么都比不上在零下30度的严寒中还要听这一类哲学思辨。我什么都不希望，也不作为。每一个运动都会让一丝冰冷的风渗透进我的脊背，让我手足无措，不得要领。哦，当然啦，如果有一只雪豹出现在我眼前的话，那我的身心就会被它填得满满的，但是什么动静也没有，在这一清醒的冬眠中，我无法生出哪怕一丝怨恨。隐伏是一种亚洲式的训练。在那种对独一形态的等待中，有"道"在。同时还有印度的《薄伽梵歌》②的一点点教诲，对欲望的否定。这一动物的显身丝毫不会改变人的情绪。奎师那在第二歌中这样安慰我们说："无论成功或是失败，均泰然处之。"

而由于大大开放的时间可以对种种思想作细细的糅合，我心里暗想，穆尼耶教会了我这一隐伏的本领，当真是我这时代的癫痫病的解药。在二〇一九年，前机器人人类不再满

---

① Gérard de Nerval, *Aurélia.*——原注
钱拉·德·奈瓦尔（Gérard de Nerval，1808—1855），法国浪漫派诗人，《奥蕾莉娅》是他的一部未完成的小说遗作。这里的引语就来自这部小说。
② 《薄伽梵歌》(*bhagavad-gita*) 是印度教的重要经典与古印度瑜伽典籍，为古代印度的哲学教训诗，收载在印度两大史诗之一的《摩诃婆罗多》中。共有700节诗句。成书于公元前5世纪到公元前2世纪。其体裁为对话，借用阿周那（Arjuna）王子与黑天奎师那（Krishna）两人的一问一答，论述种种思想。

意现实，不再满足它，不再赞同它，也不再知道该如何跟它相协调。在这里，在这样的一个等待圣母院中，我要求世界继续提供已经到位的那一切。

在二十一世纪的开端，我们，八十亿人类，热情地奴役着自然。我们洗劫了土壤，酸化了水，窒息了空气。据英国动物学会的一份报告估计，60%的野生动物将会在五十年内灭绝。世界在后退，生命在撤离，众神在隐藏。人类活得很好。他们创建着他们地狱的种种条件，准备好要跨过一百亿人口的门槛。最乐观的乐观主义者欢庆着一百四十亿人居住在地球上的可能性。假如生命可以简单地被看作为满足物种自身繁衍的生物学需要，那么，前景就是令人鼓舞的：我们可以在有 WiFi 连接的混凝土立方体建筑中靠吃昆虫而存活，并且交配。但是，假如有人问到，我们在地球上的过渡为这星球带来了什么样的美，生命是不是在一座魔法花园中演出的好戏，那么，野兽的消失显然就成了一种新的残忍。这将是最糟糕的一种。它已经被人麻木地接受了。铁路工保卫铁路工。人关心人。人文主义跟别的一样，也是一种工会主义。

世界的颓败总是伴随着一种对更美好未来的疯狂希望。现实越是恶化，救世主一般的诅咒就越是响亮。在生命的毁灭与忘却过去并希冀未来的双重运动之间，存在着一种相应的关联。

"明天会比今天更好"，这是现代性的可怕口号。政客们承诺要作改革（"改变！"他们高呼道），信徒们等待着一种永生，硅谷的实验室技术员向我们宣布会有一种增补人①。总之，必须耐心等待，一个个明天将会放声歌唱。那就是同一首歌："既然这一世界被毁了，那就让我们准备好我们的紧急出口！"科学家、政治家和有宗教信仰的人纷纷冲向希望之门。相反，想要保留好流传到我们手中的那一份的，却没有多少人。

这里，一个街垒上的平民演说家在号召革命，他的队伍中人人手握十字镐，如浪潮汹涌向前；这里，有一个先知祈求着彼世（Au-delà），而他的信徒们则在神主的许诺面前跪拜；这里，一个奇爱博士 2.0 版②策动着后人类的生命突变，而它的顾客们则迷恋于高科技的偶像崇拜。这些人生活在海胆上。他们忍受不了他们的处境，而对那种超生（outre-vie），他们期待着种种好处，却并不知道那会是什么样的形式。崇拜你已经享受到的东西，比梦想着摘下一个个月亮要困难得多。

---

① 所谓的增补人，法语的原文为"homme augmenté"，应该是一种"后人类"（post-humain），由科学与技术改造而成。这一概念跟上文中刚刚提到的"前机器人人类"（l'humanité précyborg）恰成对照。
② 《奇爱博士》的法语为 *Folamour*，英语则为 *Dr. Strangelove or: How I Learned to Stop Worrying and Love the Bomb*，其副题的意思是"我如何学会不再担心并爱上炸弹"，是一部英国黑色幽默喜剧片，1964 年上映，由斯坦利·库布里克（Stanley Kubrick）执导。

赞同世界　　145

这三种恳求——革命的信仰、救世主降临的希望、高科技的保障——在所谓拯救的话语背后隐藏了一种对当下的深深的无动于衷。还有更糟的呢！它们让我们不必行事高尚，此时此地，它们免除了我们去爱惜仍然存在的那一切的义务。

在这期间，冰雪融化，塑料化加剧，野兽死亡。

"虚构此世之外的另一个世界，那是没有意义的。"① 我在一个小记事本的开头记下了尼采的这句格言。我本来可以把它镌刻在我们洞穴的入口处。崇山峻岭中的一方座右铭。

在洞穴中，在城市里，我们这样的人数量众多，并不渴望一个增补的世界②，而要一个公正共享的世界，这才是唯一荣耀的家园。一座山，一片狂爱光明的天空，一团团彼此追逐的云彩，还有一头站在山脊上的牦牛：一切都安排得井然有序，这便足够。看不见的东西很有可能会冒出来。不冒出来的东西则很善于隐藏。

这里头便有不信神的赞同，古老的歌。

"雷奥！我来给你简述一遍信经。"我说。

"好的，我听着呢。"他彬彬有礼地说。

"崇敬那站立在我们面前的一切。什么都不等。多多回

---

① Nietzsche，*Crépuscule des Idoles*.——原注
  这是尼采在《偶像的黄昏》中的一段话。
② "增补的世界"，即"后人类"的世界，参见上文的注解。

忆。抛掉希望,毁灭之上的烟雾。享受被奉献的。寻找象征,相信比信仰还更坚固的诗意。满意这世界。为它的延续而斗争。"

雷奥正用望远镜搜索着这座山。他太专注了,并没有真正在听我说的话,这也给了我一种便利,能继续我的那一番推论。

"希望的捍卫者把我们的赞同称为'屈从'。他们弄错了。这是爱。"

# 最后一次显身

我们的赞叹不已面对着它的无动于衷。穆尼耶看得很准。雪豹出现在了另一面山坡上,离我们三百米,就在正东方向,同样的高度上。大约十点左右,它就出现在了我们的目镜里。它在一块大石头上打盹,不时抬起头,朝它的牦牛瞥去一眼。它是不是在确保秃鹫没有闯入它的地盘?然后,它把脑袋伸向天空,接着,又把它埋入自己的毛皮中。它瞌睡了整整一天。由于它离我这么远,我们尽可以大声说话,点燃雪茄,重新烧起炉子,因为,在这个天寒地冻的地方,哪怕煮一个菜汤也是好的。每隔两分钟,我就爬向三脚架,把我的眼睛贴在目镜上,去瞧它的那张流线型的脸,还有它那弯曲在它自己温度之上的身躯。每一次,这一视象都会给我带来一种触电般的快感。如此,这一切全都实实在在地在我面前,我的目光确保了它们的在场。今天早上,雪豹并不是一种神话,也不是一种希望,更不是一种帕斯卡赌注①的对象。它就待在那里。它的现实就是它的至高无上。

它没有回到它的猎物旁。一天过去了。饕餮之徒巡逻队（秃鹫、老鹰、乌鸦）的葬礼服务并没有进行。不时地，穆尼耶在无线电中说："有一只秋沙鸭在西边，还有一些红嘴的山鸦，就在石拱洞门的上面。"在他目光所及之处，他都能看到野兽，或者猜测到它们的在场。而这一份天赋，相当于一个精致优雅的路人的教育，他游荡在都市中，为你指出一处古典建筑的柱廊，一个巴洛克式的三角楣，一种新哥特式的增添筑物，这天赋为穆尼耶提供了机会，使他得以自由活动在一个不断被照亮而且永远慷慨大方的地理环境中，而对生活在那里的生灵，一只世俗的眼睛是猜测不到其存在的。我明白到，我的这位同伴总是与世隔绝地生活在孚日山区，他又怎么能够寻求跟同类人的谈话呢？他所看到的总是那些食肉的猛兽冲进性情平和的食草的牲畜群里，他所知道的是乌鸦为什么在空中盘旋。书本仍然在感动着他。"我十七岁离开学校，"他告诉我，"就是为了进入森林，我

---

① 帕斯卡赌注（pari pascalien）是法国哲学家、数学家、物理学家布莱兹·帕斯卡（Blaise Pascal，1623—1662）提出的一项哲学论证，收录于他的《思想录》第233章。论证认为，理性的个人应该相信上帝存在，并依此生活。因为若相信上帝，而上帝事实上不存在，人蒙受的损失不大；而若不相信上帝，但上帝存在，人就要遭受无限大的痛苦。

再也没有打开过一本教科书，但是我读了吉奥诺①的所有作品。"

雪豹跟黄昏一起走了。它站起身来，滑进一块大石头后面，消失了。我们在山洞里宿营了第二个夜晚，希望它回来。到了早上，它没有出现在尸骨的旁边。寒冷会长时间保存这头牦牛，直到各种动物的角喙、颌骨和利牙把它彻底撕碎。那时候，它的肌体组织将被重新吸收到其他生灵的体内，然后再去满足其他猎手的生存。死去，就是经过。

---

① 让·吉奥诺（Jean Giono，1895—1970），法国作家。其小说作品充满了对大自然的爱，对乡野生活的详细描绘，以及对农民的密切关注。

# 永恒回归的永恒回归

我们撤走了宿营地,四个人一起返回,穆尼耶、雷奥、玛丽和我,走向藏民家的灯火,一路上一言不发,因为我们满脑子都被雪豹占据着,人们是不会用喋喋不休的闲聊来伤害一个梦想的。

很久以来,我就认为是风景决定着人的信仰。荒漠要求有一个严厉的神,希腊的岛屿让各种生命的存在咕噜咕噜地冒泡,城市推动人走向唯一的对自我的爱,丛林中则隐藏着种种精灵。白人神甫们居然成功地保留了他们对一个在处处有鹦鹉鸣叫的森林中显现的天主的信仰,这在我看来,简直就是一项壮举。

在西藏,冰封的山谷使一切欲望化为乌有,引发了大轮回的概念。更高处,暴风雪肆虐的高原证实,世界就是一片波动,生命就是一次经过。我始终有着一个脆弱而易受影响的心灵。我严格遵循我脚踏之地的灵性。让人们把我扔到一个雅兹迪人①的村子中好了，我会向太阳祈祷的。让人们把我推进恒河平原好了，我会跟奎师那②达成一致的（"用一只同样的眼睛来看痛苦和快乐"）。假如我住在阿雷山区③的话，我就会梦见死神"安可"（Ankou）。

这里，在稀薄的空气中，灵魂会迁移到一些暂时性的躯体中去继续流动。自从我来到西藏，我就一直在想动物的那些连续生命的重量。如果说，山谷中的豹子是一个依附在躯体中的灵魂，那么，在七年的杀戮之后，它又会在哪里找到庇护所呢？还有其他什么造物愿意承担这一重负呢？它又该怎样才能脱离轮回呢？

前亚当时代的精灵无论钻入谁的躯体，都能截取它的目光。同样的眼睛曾注视过一个世界，在那里，人类只作为小规模的群体从事猎杀，而且不能确定自己还能否生存下去。在那一身皮毛的底下，究竟隐藏着一个什么样的灵魂呢？几天前，当那只雪豹出现在我眼前时，我曾以为认出了我已故母亲的脸：高高的颧骨，露出一道坚毅的目光。我母亲培养

---

① 雅兹迪人（Yazidis）即信奉雅兹迪教的库尔德人，分布在伊拉克、叙利亚、亚美尼亚、格鲁吉亚、土耳其一带。他们所信仰的对象是以孔雀形象显现的大天使。
② 奎师那（Krishna）印度教中的一位神，被视为毗湿奴的第八个化身，是诸神之首，世界之主。在梵语中，Krishna的意思是黑色，故又称"黑天"神。参见上文中关于《薄伽梵歌》的注解。
③ 阿雷山（Arrée）在法国，是布列塔尼地区西部的一个古老山脉，是阿摩里卡丘陵的一部分。

了消失的艺术，一种对沉默的兴趣，一种被认为是专制主义的僵硬。那天，对于我，雪豹就是我那可怜的母亲。这样的一个想法，认定灵魂通过巨大的行星般储备的活生生的肉身而循环不已，这同样的一种想法，在公元前六世纪，在地理上彼此相距很遥远的地方，无论是在希腊的毕达哥拉斯那里，还是在印度—尼泊尔平原的佛陀那里，都同时得到了充分的表达，而在我看来，这真是一剂抚慰心灵的灵丹妙药。

我们到达了棚屋。面对着孩子们那一张张一动也不动、被火焰的光芒舔舐的脸，我们喝了茶。寂静，昏暗，烟雾：西藏在冬眠。

# 分岔的源头

我们在雪豹的峡谷中待了十天。现在，穆尼耶想出发去拍摄澜沧江的源头。我们开了一整天的车，去牧民的一个营地，就在一片高地的脚下。那片高原就是遭到太阳猛烈照射的一大块草原的地盾。再朝北，便是一座座白雪皑皑的山峰。一对以养殖牦牛为生的夫妇就在一栋烧得很暖和的铁皮屋子里过冬，那真的是虚空之中的一个岛。一百头牦牛就在因冬季来临而草木凋零的草原上吃草。第二天，凌晨四点，我们离开了炉火，走在一条冰冻的带子上，地图上标明了，这就是澜沧江。"上去四个小时。在海拔五千一百米处，就有一个冰斗，那就是河的源头。"看守者兹特林曾这样对我们说过。所谓的九龙河，就在那里：一条结冰的溪流。冰面咔咔作响。我们仿佛走在了那种叫黑色脆香（Nougatine）的又松又脆的奶油夹心糕点上，就像那些小心翼翼地走在巴登巴登①一条结冰的运河上的温泉疗养者。我们碰上了一具

---

① 巴登巴登（Baden-Baden）是德国小镇，位于黑森林西北部的边缘，为著名的度假地和疗养地。

牦牛的尸骨，正被一些食腐动物作着清洗处理。鸟儿们赶来撕下肉，飞走，又突然转弯。直到那时为止，我始终觉得，为了超度亡灵而吞食死者是一件很壮观的事。但是，这些血红的脖子和这些长着羽毛的复仇女神大大地减弱了我的天葬欲望，我恐怕不会让人把我的遗体展现给那些秃鹫。一旦看到鸟儿因嗜血变得疯狂时，人们恐怕就会对自己说，到最后，伊夫林①墓地中的一方菊花地自有它的魅力。

我们慢慢地爬上去，我强迫自己去相信：这就是湄公河②的源头，高棉人眼泪之河，黄色怀恋之河，317分队③之河，活佛之河，优雅的飞天女神④之河，蓝莲花之河！一条月亮颜色的、依然圣洁、未遭丝毫污染的河。

在海拔五千一百米处，我们发现了这块石碑，那上面的汉字可能宣告着这条大河的诞生⑤。

---

① 伊夫林（Yvelines）是法国法兰西岛大区（即巴黎大区）的一个省。
② 湄公河（Mékong）是一条国际河流，全长4 909公里，它的上游就叫澜沧江。西方人习惯于把它叫做湄公河。中国人则习惯于把它在中国境内的上游那一段叫做澜沧江。
③ 《第317分队》(*317<sup>e</sup> section*)是一部法国战争电影，拍摄于1965年，讲述的是1954年印度支那战争中的故事。电影取材于肖恩多尔弗（Schoendoerffer）1963年的同名小说。
④ 飞天女神（Apsaras）是印度神话中的一个神，从搅乳海中出现，后来成了天庭乐师乾闼婆的妻子，随丈夫在天界起舞。《梨俱吠陀》中记载，飞天女神不止一人。
⑤ 澜沧江的源头在青海省玉树藏族自治州杂多县西北、吉富山麓扎阿曲的谷涌曲源自北面的一座叫"吉富山"的山头下，海拔5160米。

分岔的源头

这里，在一座岩石构成的圆形剧场中，涌现出稻米文明的初始之源，它就头顶着一片灰色的天空。这条湄公河总长大约五千公里，穿越了青藏高原、云贵高原、印度支那，一直流到三角洲，当年，玛格丽特①在那里有过一个情人。无论对私人探险，还是对公共工程，它的水域都会浸润着劳作与时日。会有一些战役发生。一条大江的源头隐藏了东方的问题：为什么每一个源泉都必须分岔出去？为什么要分离？

　　而眼下，一条冰冻的桌布正凝固着砂砾之地。这就是源头，湄公河的"道"，零公里点，未来的传奇。水流汇合，在山中打开通道。温和的空气会释放水的流量，细流中会充满着生命：首先，是微小的水生物，然后，是越来越贪婪的鱼。江流会一路奔涌而下。一个渔夫会在水中撒网，村民们会在河里饮水沐浴，一家工厂会往里头倾倒垃圾：对人类来说，一切最终都归于一个收集者。海拔会下降，大麦会生长。更低处，会有茶树园、小麦，最后则是水稻，还会有果树，而某一天，果实就挂上了树枝头。水牛会在那里游水。有时，一只金钱豹会在芦苇丛中咬死一个孩子。人们会很快从悲伤中获取安慰，有很多孩子出生。我们会再往下去：女

--------

① 玛格丽特指法国著名女作家、导演玛格丽特·杜拉斯（Marguerite Duras，1914—1996），她年轻时曾随母亲生活在越南，写有《情人》（1984）等小说。

人们每天都会汲取满是细菌的水，人们会开始疏通河床。人的皮肤会越来越黑。姑娘们会在码头的石头上晾晒橙色的床单，而少年郎会从小塔上跳入水中，然后，水流会变慢，弯弯曲曲的河道会在它们自己的冲积层中膨胀开来，江河会抬升堤坝，地平线会打开，那会是农田得到浇灌的一片平原，被上游的一座座水电站送来的电能照亮。在那些集市日，一条条驳船会船舷碰着船舷，停在岸边，水蛇会在半焦的尸体之间游来游去，各个国家会为作为边界线的河岸而互相争执。巡逻队会拦截偷渡者。各种生意各行其道，而最终，水流汇入大海。白皮肤的游客会在海浪中游泳。他们知不知道，曾经有一天，雪豹就舔舐过这些水流，而那时候，它们还属于天空？

这一命运就是在这里诞生的。被穆尼耶追踪的野兽也是从一个源头诞生的。它们被分开了。雪豹是五百万年前的一次古老分岔的产物。假如地球上的生命可以比作一条河，那么，它就曾经有过它的源头，它的河床，它那干涸的支流。它的流淌还没结束，没人知道它入海口的三角洲会是什么样子。我们人类是从最近的一次再分岔运动中才出世的。在我童年时代的生物学书籍的插图中，人们会用喇叭口河湾形的图表再现宇宙进化的种种分支分叉。任何源头都不知道它会有何等的能量。

我们在砂砾地上待了一个小时。然后，我们又继续向

分岔的源头

下。穆尼耶在找一只野兽。对他来说，一片空的景象就是一个小地窖。幸运的是，在海拔四千八百米处，一匹狼正奔走在一片粒雪地上。穆尼耶很高兴。

在营地里，我们讲述了跟那匹狼的相遇，牧羊人告诉了我们那些一年一度的拜访：冬季里会有一两只雪豹，而平时，每天都会有狼过来。他一边说着这些，一边往炉灶里拼命地添柴，弄得我们昏昏欲睡。睡眠带走了河流源头的景象。

# 在最初的热汤[①]中

我们朝玉树方向返回,穿过高山,穿过低丘,但始终不离开海拔四千米的高度。太阳下山的时候,我们来到了一条小路,它通向一处隐藏在悬崖中的温泉。两匹狼在车灯的灯光中穿过。狼皮的那种藏红花色在车灯的照耀下显得格外明亮——活像黑夜中的一道闪电。穆尼耶的身子从车里探了出来。那两个家伙在黑暗中的视象,像是一溜小跑着赶往拦路抢劫的现场,继续刺激着我的朋友。他张大了鼻孔,使劲呼吸着冷空气,寻找那野兽的气味。他曾经见过好几百匹狼,在阿比西尼亚,在欧洲,在美国。他还远没有看够。

"当有一个人路过时,你就不要探出汽车了。"我说。

"人是会重新经过的。而狼,那可就稀罕了。"

"人对人来说就是狼。"我说。

---

[①] "热汤"这个词的法语为"soupe",它本意为很浓的菜汤,里头往往带有肉和其他内容。它还有"大锅菜""夜宵"等意思,在口语中,也可用来表示"融雪"。

"假如仅仅如此的话。"他说。

我们早已来到了水池边。我们在一处悬崖的后面搭起了营帐,晚上十点钟,零下25摄氏度,我们钻入了滚烫的水中,玛丽、穆尼耶和我,被缭绕的蒸汽所笼罩。雷奥则留在高处,顶着阵风为我们放哨。水从一大片岩石的缝隙中滋出来。它一定是从悬崖的底下流走了。穆尼耶熟悉这个地方,他去年就曾在此扮演过日本猕猴。他为我们描述了泡在温泉中的长野猴子,热气把它们的脸熏得通红,让它们那钟乳石一般的绒毛一根根地竖起。

但是,这天晚上,我们就像是一些正在桑拿房里商谈地区资源问题的俄罗斯的官员。我们点燃了保存在铝制方盒子里的高级古巴雪茄(逍遥贵族2号)。我们的皮肤有了一种青蛙肚子一般的坚韧,而我们的哈瓦那雪茄则有着棉花糖一样的质地。星星在闪烁。

"我们是在原始的泥浆中嬉戏呢。我们是世界开端时期的细菌。"我说。

"不过,运气更好。"玛丽说。

"细菌本来永远都不该从锅里头出来。"穆尼耶说。

"那我们就不会有什么贝多芬的三重奏协奏曲了。"我说。

镶嵌在拱洞门中的化石并不能追溯到世界的起源。它们只属于世界奇遇中的最近一个阶段。生命诞生于水、矿物质和气体的混合，那是四十五亿年之前的事。生命素（bios）把它的提议投射到所有的空隙中，结果就产生了地衣、鰛鲸，还有我们，尽管这些生命之间并无明显的互相关联（除了传播的意愿）。

雪茄冒出的烟轻柔地抚摸着化石。我知道那些化石的名称，因为我在童年时代曾经收集过它们，那是在我八岁到十二岁之间。我把它们的名称大声地说出，因为科学的清单可用来作为一首诗：菊石、海百合、三叶虫。这些造物已经有五亿多年的历史了。它们曾经统治着地球。它们曾有过它们自己关注的事：保卫自己，养活自己，延续世代。它们是渺小而又遥远的。它们已经消亡了，而我们人类，现在的地球统治者（统治自一个相对很新的日期，并还会持续一段未知的时间），我们忽略了它们。然而，它们的生命曾经构建了我们登基之路的一个阶段。突然，一些活生生的生灵就从浴池的水中跳了出来。其中的一些——最爱冒险的那一些——则在滩岸上扎下了根。它们吞下了一大口空气。而全靠了这一口吸气，我们才在那里开始了存在，人和野兽，生活在自由流动的空气中。

离开这个浴池远不是我生命之存在中最愉快的时刻。必须赤裸裸地走在一片温热的藻类上，蹬上我的中国式靴子，穿上那宽大的加拿大式上衣，并且回到气温只有零下20摄氏度的帐篷中。

总之，钻出热汤，爬进寒夜，找到一个栖身之所：这就是生命的历史。

# 兴许要回去了！

第二天，我们驱车穿越高原，前往玉树。司机一头冲入小路，嘴里喃喃地念诵着《妙法莲华经》。他似乎急着要回家，也许急着要去死。嗡嗡的念经声像摇篮曲一样摇撼着我，出于一种模仿效果，我也嘟嘟囔囔地念起了赫拉克利特的万物皆流[①]，"一切皆经过，一切皆流动，一切皆抹除"。我稍加改动，把它变成了我自己的一首诗："一切皆死去，一切皆重生，一切皆复归去死掉，一切皆以自身为食。"我们正在接近城市。我们已经见到了一些衣衫褴褛的人，在一路爬向寺庙。他们想的就像赫拉克利特那样，但他们并不为这一普遍的流动性而互相庆贺。他们试图赢得报酬，以免下辈子转世为狗，或者更糟，转世为旅游者。他们渴望逃避永恒的重新开始。不停地四处游荡便是他们的厄运。司机行驶

---

[①] "万物皆流"是古希腊哲学家赫拉克利特（Héraclite，前540—前480）的思想。他的这一思想使他成为当时具有朴素辩证法思想的"流动派"的卓越代表。他的名言"人不能两次走进同一条河流"便是这一思想最有名的格言。

到他们跟前时便小心翼翼地把车速降下来，慢慢地开：为了不加重他的错误，他不想压扁一个朝圣者。我透过车窗看着道路上的队列。我们的技术主义时代已经变成动物性的了，也就是说，移动性的了。在西方，二十一世纪初期占统治地位的思想是通过人的运动、商品的流动、资本的流通以及思想的流动性而建立的。"滚蛋！"行星广场上的命令这样说。在此之前，种种文明早已按照植物生长的原理发展成熟了。它们要做的只不过是在一个个世纪中生根发芽，汲取领土中的营养物质，在永恒不变的阳光下，建造起支柱来，促进自我的膨胀，同时，用适当的荆棘来保护自己不受邻近植物的伤害。模式早已经改变：从此，需要在星球的稀树草原上迅速和持续地活动。"前进，地球上的人！走动起来！这里再也没什么可看的了！"

经过抵达玉树前的最后一个山口时，脚刹松开了。司机用手刹对付着一个又一个拐弯，并增加了口中咒语的频率。出于一种佛教徒的奇特反应，他一发现刹车不再作出回应，就会踩下油门。而在他宿命论的幸运的影响下，我也开始发现这样做是合乎逻辑的。在这个明净的上午走向终结又有什么关系！崇山闪闪发光，群兽统治着山脊，而我们的事故丝毫都不会改变最后一批雪豹的行迹。

# 野性的安慰

假如我没有遇上雪豹，我会深深地失望吗？在臭氧环境中生活三个星期，远远不足以在我的内心杀死那个有笛卡尔思想的欧洲人。相比于对希望的麻木，我总是更愿意去实现梦想。

在失败的情况下，已经发展成熟的东方的种种哲学，无论是在风雪交加的青藏高原上，还是在火炉一般的恒河流域中，都会通过练就放弃的精神而为我提供一种安慰。假如雪豹没有来，我会为它的缺席而高兴。这就是彼得·马西森的宿命论方法：从它们自身的回避中看到万物的虚荣。拉封丹笔下的狐狸便是如此：当它明白葡萄的不可企及性时，它就会轻视它们。

我完全可以信赖《薄伽梵歌》的神圣性。我也会听从奎师那对阿周那的命令：用同样的一颗平常心来看待成功和失败。"雪豹就在你面前，欢欣喜悦吧，而假如它不在那里，你也要同样地欢欣喜悦。"他会这样对我喃喃说道。啊，这部《薄伽梵歌》，那是什么样的鸦片啊，而奎师那，他做的又是多么有道理呀，他把世界变成了一片没有起伏的平原，它被心灵平等之风——这是睡眠的另一个名称——吹得平平荡荡！

或许，我会回到"道"中去。我会把缺席看作如同在场。没看到雪豹对于我兴许就是一种看到的方式。

最终可以求援的，还会有菩萨呢。众花园的王子佛陀揭示出，没有什么会像等待那样痛苦了。他足以让我摆脱撞见一个在岩石丛中腾挪跳跃的动物的欲望。

亚洲，取之不尽的精神道德的药典。西方，它也一样，拥有它自己的药方。一个属于基督教的范畴，另一个则属于当代表达。天主教徒用一种半自恋半基督的策略治愈精神上的痛苦。它求助于一种自欺欺人的慰藉："救世主啊，如果我没有见过雪豹，那是因为我不配接受它，我得感谢您让我避免了因与它相遇而生出的虚荣。"而现代人，他则拥有一种精神支撑：责难。只要认定自己是受害者，就可以避免承认失败。我本可以如此哀叹："穆尼耶把他的潜伏设错了地方，玛丽发出的声响太大了，我的父母让我成了近视眼！此外，有钱人还开枪打雪豹，可怜的我啊！"寻找罪人占用了时间，也省去了自省。

但是，我实在没有什么可自我安慰的了，既然我遇见了岩石精灵的美丽面容。它的形象，在我的眼皮底下滑了进去，活在了我的心里。当我闭上眼睛时，我就能看到它那张高傲之猫的脸，看到它微妙而又可怕的嘴角边皱起的那些线条。我看到了雪豹，我偷到了火。我把火种带在身上。

我得知，耐心是一种至高无上的美德，是最优雅的，也是最遭人遗忘的。它帮助我爱上这个世界，然后才声称要改造它。它邀请人坐在舞台前，尽情地享受着表演，即便那只是一种树叶的颤动。耐心是人类对被给予之物的崇敬。

是什么样的特性能让人画出一幅画，创作出一首协奏曲，或者写出一首诗呢？是耐心。它总能赢得它的报偿，在同一种波动起伏之中提供难得的机会，去发现时间很漫长，同时，又找到办法不至于感到厌烦。

等待是一种祈祷。有某种东西要来了。而假如什么都没来，那是因为我们还不怎么善于看。

# 隐藏的背面

世界是一个珠宝箱。珍宝总是很稀罕的，因为人类已经控制了宝藏。有时，人们仍然会在自己面前拿着一块宝石。那样一来，地球就闪过一道光。心跳得更快，脑子里就多了一种视象。

野兽们因不被人所见而尤其令人感兴趣。我没有因此而想入非非：人们是无法识透它们的奥秘的。它们属于起源，而生物学把我们拉得离它们很远很远。我们人类对它们发动了一次全面战争。这种根除几乎都快结束了。我们对它们没什么好说的，它们都已撤退。我们已经取得了胜利，而很快地，我们人类就将只剩下自己了，到时候，我们会问自己，何以能这么快就完成清除工作。

穆尼耶已经帮助我揭开面纱的一角，来观望地球上王族们的流浪。最后幸存的雪豹、羚羊和野驴也在受到被猎杀的威胁，不得不躲藏起来。瞥见它们中的一只，就是在观望一个非常美丽的、正在消失的物种：野兽与人之间的古老契约——前者正为生存而挣扎，后者则谱写着他们的诗篇，并发明出众神。出于某种无法解释的原因，穆尼耶和我体验了一种对这一古老效忠的怀恋。"对被废黜之物的可悲忠诚"①。

地球曾经是一座卓越的博物馆。

不幸的是，人类却不是它的馆长。

隐伏需要人能把心灵的悬念牢牢地维系住。这一训练向我揭示了一个秘密：人总是能增加他们自己的接收频率。除了在青藏高原生活的那几个星期，我从来就没有体验过一种如此强烈的感官震撼。一旦回到家中，我还会竭尽全力地去继续观察世界，去扫视它的阴影地带。至于议事日程上是否有雪豹，这就并不重要了。守住隐伏，这才是一条行为准则线。因此，生命并不会若无其事地就那样过去。你可以在自己家门前的椴树底下设下埋伏，就在漫天的云彩底下，甚至就在朋友们的饭桌上。在这世界中，突然发生的事远比我们想象的要更多。

飞机，这个巨大的交通工具。上午的航班把我们带到了成都。飞机上，雷奥在读书。玛丽只盯着穆尼耶，而穆尼耶则瞧着舷窗外。由此，爱并不意味着瞧着"同一个方向"。

---

① Victor Hugo, *Les Châtiments*. ——原注
语见维克多·雨果的诗集《惩罚集》。

玛丽憧憬着未来，穆尼耶在跟他的雪豹告别。我则在思念我那些不在场的亲爱者。想着每一只出现的雪豹，它们都为我献上了它们自己的一块碎片。

成都，一千五百万居民，不为欧洲人所熟悉。对于中国人来说，这只是一个中等城市。对我们，这就是菲利普·金·迪克①那一类噩梦中的满是受精卵的巨大子宫，千千万万的灯彩把小街小巷照亮，地面的水洼中，反映出挂在店铺摊位上的一块块肉。

午夜时分，我们走在了一大群人中间，他们彼此都很相像，安安静静的，构成缓慢的波浪。这对我，一个法国的小市民，是个很奇怪的视象：一大群并不互相混杂的市民迈步走在街上，既不是军事训练，也没有人命令要求他们那样走。

明天我们就将回巴黎。眼前，还有一个夜晚的时间要度过。我们走向市中心的公园。穆尼耶喊道：

"瞧那上面！"

一只受惊的猫头鹰逃往公园，翅膀被光束照亮。即便是在这里，穆尼耶也在追逐着野性的信号。一个人与动物世界的共谋关系让城市墓地中的逗留变得可以接受。我给

---

① 菲利普·金德里德·迪克（Philip K. Dick，1928—1982），美国科幻小说作家。

玛丽和雷奥讲述了那个波利尼西亚人的海难故事①，塔瓦驾着一条小船，在太平洋上漂流了好几个月，每天，他都会盯着水桶里的一些浮游生物看，后来甚至发展到跟这些小小的生命物展开对话。这一练习让海难者避免了时时刻刻要面对自己的尴尬处境，也就是说，避免走向一种意志消沉。

瞧着一只野兽，就是把眼睛贴在一个神奇的门镜上。而在那门后，是世界的腹地。没有一个词可以用来翻译它，也没有一支画笔可以用来描绘它。人们只能勉强抓住其中的一点闪光。威廉·布莱克②在《地狱的箴言》中说道："你难道不明白吗？鸟儿在空中的一闪，便是一个巨大的世界，那种种美妙只是没有被你的五感捕捉到。"不是的，威廉！穆尼耶和我都明白：我们其实不明白。这对我们的快乐来说已经足够。

有时，甚至都不用看到野兽。它们存在的唯一再现是气味。通过描绘大象们在非洲大草原上冲锋的壮观景象，死亡集中营的囚犯在精神上获得了支持。就如同罗曼·加里在小

---

① 《海上漂流记》（*Si loin du monde*）是波利尼西亚的渔民塔瓦·哈伊欧亚欧亚（Tavae Raioaoa）的一本历险记，讲述自己 2002 年遭遇海难后，在太平洋上漂流 118 天最终死里逃生的故事。
② 威廉·布莱克（William Blake 1757—1827），英国浪漫主义诗人、版画家。《天堂与地狱的婚姻》是他的重要诗集，《地狱的箴言》是其中的名篇。

隐藏的背面　　171

说《天根》①的一开头讲述的那样。

我们来到了公园里。庙会办得很成功。表演场地人头攒动,高音喇叭发出脉冲,油炸糍粑蒸气都迷糊了闪闪烁烁的灯光。即便是匹诺曹也会厌烦的。告示牌上没有忘记张贴标语口号。

在一个激光世界里,留给猫头鹰的又是什么位置?在这种对孤独和沉默,对不幸者最后的快乐的全球性仇恨中,雪豹又如何返回?

但是,说到底,为什么要有如此的焦虑呢?我们还有着美妙的旋转门,有着好吃的冰淇淋。还有什么可抱怨的呢?庙会还在继续,为什么不参与呢?当我们有法兰多拉舞可跳时,野兽在不在又有什么关系呢?

穆尼耶催我们离开公园。这一场狂欢闹得他心烦意乱。然而,他的神经毕竟很坚强。走过公园大门时,他手指着天空说:"请看月亮!"月亮很圆。"这是我们目光所及的最后的荒野世界。在公园里,我们没能看到它,因为被灯彩给挡住了。"他不知道,就在一年之后,中国人把一个机器人放到了月亮的背面。

我们跟地球已经相处够了。

---

① 罗曼·加里(Romain Gary,1914—1980),法国作家。《天根》是他1956年的小说,曾获龚古尔文学奖。作品深刻地反映了人与自然的复杂关系。

整个宇宙现在将要学会认识人类。

阴影笼罩。

再见了,雪豹!